문학과지성 시인선 354

기담

김경주 시집

문학과지성사

문학과지성사에서 펴낸 김경주의 시집

나는 이 세상에 없는 계절이다(2012, 시인선 R)
고래와 수증기(2014)

문학과지성 시인선 354

기담

초판 1쇄 발행 2008년 10월 31일
초판 11쇄 발행 2023년 2월 14일

지 은 이 김경주
펴 낸 이 이광호
펴 낸 곳 ㈜문학과지성사
등록번호 제1993-000098호
주   소 04034 서울 마포구 잔다리로7길 18(서교동 377-20)
전   화 02)338-7224
팩   스 02)323-4180(편집) 02)338-7221(영업)
전자우편 moonji@moonji.com
홈페이지 www.moonji.com

ⓒ 김경주, 2008. Printed in Seoul, Korea

ISBN 978-89-320-1901-7 03810

지은이는 2008년 한국문화예술위원회가 지원한 창작지원금을 수혜했습니다.

문학과지성 시인선 354

기담

김경주

2008

시인의 말

내게 시를 쓰는 일은 피부에 살았던 기억이 전혀 없
는 설계도를 새겨 넣고, 그 설계 안으로 들어가보는
일이 될 수도 있고 그렇지 않을 수도 있다. (가난한
파충류는 곧 몸에서 열을 뱉어내고 그것을 먹기 시작
한다) 그러나 시를 쓰건 쓰지 않건 시를 생각하는 행
위에는, 언어를 열고 보면 그 속에 존재하는 멀미와
미로 때문에라도 언어 속의 가로등과 진피가 재구성되
어야 한다. 그것은 실험이라고 보기에는 혁명에 가깝
고, 혁명에 가깝다고 보기엔 너무나 원초적인 주저함
에 가까워서 우리는 조금씩 열렬한 불순물에 가까워질
뿐이다. 너무 선명한 고해가 피로해서 나는 도처에 어
지럽혀져 있다. 여기선 그 혈액을 흔들어보기로 한다.

바람은 한 번도 목장을 갖지 못했고, 목장은 한 번
도 바람을 가두지 못했다.
이 시집을 세계를 활공하는 두두에게 바친다.

2008년 가을
김경주

기담

차례

제1막 인형(人形)의 미로

때: 알 수 없는 **사이**

공간: 언어의 공동(空洞)

등장인물: 미지의 혀

이 극에서 '암전'은 극 전반을 감싸는 소재와 상징으로 사용된다.
어둠 속에서 언어들만이, 지면 속에서 떠올라, 우리가 알 수 없는 자연을 떠돌아다니듯이 부유하면 좋다. 극의 시작부터 끝까지 암전.

음악 역시 특별히 따로 사용하지 않는다.
이 (지면이라는) 무대를 이해하기 위해선 한 가지 염두에 둘 사항이 있는데 그건 우리가 음악을 느낄 수 있는 것은 우리 몸 안에 박동이 존재하기 때문이라는 사실을 틈날 때마다 상기하는 것이다. 박동은 박동으로 인식되고 소리는 소리로 구별된다. 그것은 음악을 이해하는 중요한 지점을 획득한다. 개가 짖는다. 그 개 소리를 인식할 수 있는 것은 우리 몸에 개가 아니라 소리가 존재하기 때문이다. 우리는 매 순간, 심장에서 자신의 형신(形神)으로 퍼지는 파동이 피와 살을 떠가며 뜻 모를 파장에 각운과 각주를 다는 일을 느낀다. 그러므로 음악에 대한 신뢰는 호흡은 머지않아 하나의 형(形)이 된다는 믿음에서 시작해야 한다. 자신이 빚어지기 전의 상태에서 지금의 여기까지 연결된 몸의 박동은 음악에 가장 가까운 언어다. 우리가 여기서 사용하는 무대의 이명(耳鳴)은 배 속의 태동을 간직하고 있는 그 언어에 호흡기를 다시 대주는 일이다. 그것이 내게 필요한 형신이며 음악이다.

그런 점에서 우리가 세상에 흘러나와 음악이라고 부르는 타인의 정의들은 어쩌면 가장 낯설고 모호한 영역인지도 모른다는 예술가의 말은 존중되어야 한다. 음악은 보다 내연의, 자신만의 특별한 정의를 필요로 한다. 사토브리앙은 음악을 만지고 본다라고 말하지 않았는가. 반드시 귀에 의존해야 하는 것이 음악의 속성은 아니라는 것만 명기해둔다. 음악은 시차를 갖는 순간 다른 언어가 되기 때문이다.

여기 등장하는 시(시어)는 허공이 질료가 된 리듬이거나 언어 뒤에 숨어 있는 생태계이므로 객(客)은 작가의 의지를 자신의 언어로 상상할 것이고 상상력은 그 의지를 배반할 수 있다.

연출의 의도가 분명하고 운이 좋다면, 이 극은 들리지 않는 음악으로만 만들어진 음악극이 될 수도 있을 것이다. 그렇지만 이것은 언어들이 지면에서 빚어내는 무대이면서 언어극이라는 것을 잊어서는 안 된다. 하나하나 언어들을 섬세하면서도 모호하지 않게 다루어야 할 것이다.
그 언어가 심중에 보인다면 우리들 생의 배우이며 배후인 언어를 상대하는 것이다.

이 극은 **사이**에서 빚어지고 **사이**에서 지워진다.

사이

〈극이 시작되기 전 잠시 1~3막까지 각 막을 한 번 드르륵 넘
겨주길 바라며〉

막이 오르면
언어들이 미로와 멀미 속에서 활공하고 있다.
어디선가
들려오는
자음과 모음의 항해들

긴 사이

지면 속에서 빠져나오는 언어
천천히 지면을 걸어 다닌다.
언어가 허공에 입을 천천히 벌리며

　'나는 내 세계의 바깥에 너희들이 있다고 생각하지 않아 너희
들은 나를 가지고 춤을 추고 세계를 이야기하지만 너희들의 세계
는 내가 보는 너희들의 세계와 다르지 않아 우리는 모두 인형들
이고 너희들이 들고 있는 인형 역시 나일 것이지만 너희들이라는
인형을 들고 있는 유령 역시 바로 나이지 너희들이 나를 들고 있
을 때 나는 너희가 유령처럼 느껴지고 너희가 나를 유령이라 발
음할 때 너희는 나라는 유령이 들고 있는 인형일 테니까 나는 지
금 우리가 머무는 세계의 유령을 들고 있는 인형의 웃음이지'

반대편에서 허공들 하나씩 등장한다.
언어 속으로 하나씩 천천히 스미기 시작한다.

사이

반대편에서 다른 언어 등장한다.

여긴 어디지?
언어의 속인 것 같아.
어떤 곳이지?
그렇지 우리가 연연하는 곳일세.

춤추는 언어들
아련하고 요밀한

긴 사이

우리가 모르는 수면으로부터 들려오는 시

기담(奇談)

지도를 태운다
묻혀 있던 지진은
모두, 어디로
흘러가는 것일까?

태어나고 나서야
다시 꾸게 되는 태몽이 있다
그 잠을 이식한 화술은
내 무덤이 될까?

방에 앉아 이상한 줄을 토하는 인형(人形)을 본다

지상으로 흘러와
자신의 태몽으로 천천히 떠가는

인간에겐 자신의 태내로 기어 들어가서야
다시 흘릴 수 있는 피가 있다

짐승을 토하고 죽는 식물이거나
식물을 토하고 죽는 짐승이거나

부정의 힘으로 여기까지 왔다

삶이여 내 혐오의 가장(家長)이여

그래, 누구나 자신과 가장 가까운 짐승 한 마리
앓다 가는 거지

식물은 자기 안의 짐승을 토하다 가는 거고
인간은 피를 토하고 죽는 것이 아니야
자기 안의 식물을 모두 토하고
가는 거지
(나는 그 극의 이 부분이 수정되기를 원하지 않았다)

그래, 바깥에 무슨 일이 있어도 멈추지 말아야 할
참혹 같은 거

부정의 힘으로 식물은 짐승을 앓고 있고
짐승은 식물의 소리로 울고 있지

생이란 부정을 저지르면서
매우 사적인 방식이 되어간다

자기 부정을 수정할 때
열 손가락에서 생겨나는 얼
거짓말의 글쓰기
같은 거,
(채찍이 노예를 만든다)

그래, 우린 아주 다정하게
사적인 방식으로 멀어지고 있지

나는 이제 그 극의 억양을 수정하련다
이 얼은 언어의 옆에서 낭떠러지가 될 것이다

주저흔

몇 세기 전 지층이 발견되었다

그는 지층에 묻혀 있던 짐승의 울음소리를 조심히
벗겨내기 시작했다

사람들은 발굴된 화석의 연대기를 물었고 다투어
서 생몰 연대를 찾았다
그는 다시 몇 세기 전 돌 속으로 스민 빗방울을 조
금씩 긁어내면서
자꾸만 캄캄한 동굴 속에서 자신이 흐느끼고 있는
것처럼 느껴졌다

동굴 밖에선 횃불이 마구 날아들었고 눈과 비가 내
리고 있었다

시간을 오래 가진 돌들은 역한 냄새를 풍기는 법인
데 그것은 돌 속으로
들어간 몇 세기 전 바람과 빛 덩이들이 곤죽을 이

루고 있기 때문이다

　그것들은 썩지 못하고 땅이 뒤집어져야 모습을 드
러내는 것이다

　동일 시간에 귀속되지 못한다는 점에서 그들은 서
로 전이를 일으키기도 한다

　화석의 내부에서 빗방울과 햇빛과 바람을 다 빼내면
이 화석은 죽을 것이다

　그는 새로운 연구 결과를 타이핑하기 시작했다

　'바람은 죽으려 한 적이 있다'

　어머니와 나는 같은 피를 나누어 가진 것이 아니라
똑같은 울음소리를 가진 것 같다고 생각한 적이
있다

풍선의 장례

하늘에 포르말린 흩어진다

구름이 하늘에서 풍선 속을 통과한다
그건 구름이 풍선의 장례를 치르는 일

저녁은 공중이 지상으로 내려오는 일
내려온 공중에 가득 찬 수면을 바라보는 일
다른 선으로 빛이 떠내려가는 일

떠내려가는 빛이 기어이 새가 되고 마는 일이 있다
그 빛을 문장으로 이장하는 일 그건 내가 이 세상
에서 바꾸어
부르기로 한 일, 문장의 일

구름이 허적허적 게워내고 있는 풍선

혁명, 다른 피를 밴 구름
연필이 마신 등고선들

떠오르는 순간 장례를 치르는 문장
음울한 한 짐승의 물방울

죽은 다음에야 풍선을 비울 수 있는 육체,
그건 내 나비의 실내에 부검이 못 들어오는 일
나는 배다른 구름의 일

표본실엔 물방울 짐승

장 콕토
—문자 분향소

am 10:00

어떤 나무들은 태반을 내놓고 죽고, 어떤 어뢰들은

--*-*-*-*-*-*-*-*-*-*-*-*-*-*-*-

--*-*-*-*-*-* 여전히 물속에 잠겨 있다

am 1:00

　　　어떤 이층엔 라이플이 놓여 있고

　　　어떤 새들은 동종의 닭발을 비웃는다

　　　그리고

　　　어떤 합창단엔 혼자 노래하지 않고 있는 자

　의 도시가 보인다

나는 한지(韓紙) 위에

한 꽃과, 한 지진과, 한 바위의 수명을 그려 넣고

있는 붓,

pm 2:00

　　　식물은 자신의 세계에 인간을 분재처럼 키

운다
식물은 가끔 이름 없는 인력을 다녀온다

am 4:00
침몰선만을 모아 개발을 꿈꾸는 시인
인양선을 모아 문자 개방 시대를 여는 문자 중계소
예감은 오보되었고
야당(野黨)은 예열된 엘피판을 빈방에서 홀로 돌
린다

am 4:00
식물의 내출혈이 시작되는 오후
언어는 구름에 붙어 있는 수많은 진딧물들
그랬다……
기다란 펜촉으로 찔러 죽인

산수화 속에서 바람이 빠져나가자 꽃과 풀들이 쓰
러진다
그리고 나는 조용히 시작되는 한지 위의 지진

팬옵티콘

　수십 개의 창(窓)을 띄워두고 나는 갇힌다[1] 어휘로 내려가 나는 발음한다[2] 이 말을 스치고 지나가는 침묵은 깊은 설질(雪質)을 남긴다[3] 말에서 흘러나오는 향연에 참여하기 위해 기억은 자신을 담고 있는 육체와 성애(性愛)를 꿈꾼다[4] 말의 교미를 피하려는 새들이 내 어조 속에 가라앉는다[5] 말의 동굴 속에서 하루 종일 색연필 껍질을 벗기다가 몇 개의 색을 뜯어 먹고 나의 해동(解凍)에 참여한다[6] 스무 살엔 '냉장고'라는 단어를 아껴서 그를 해변으로 끌고 가 바다 속에 던졌다[7] 바깥으로 나오기 위해서 물은 배열을 부정한다[8] 여러 번 말하지만 구름은 물의 부동항(不凍港)이며 내 빈혈은 네 뇌성 안에 있다[9] 나는 수백 개의 여인숙(旅人宿)을 소개해줄 수 있는데 기억이라는 여인숙은 왜 유네스코 지정이 안 되는가[10] 약을 구하기 위해 거리를 쏘다닌다[11] '누군가를 구하기 위해 거리를 뛰어본 적이 없다는 사실'이 아프리카에 백한번째 '눈사람'을 수출하게 했다[12] 밀항선에 실려 온 어휘들을 밀매하고 받은 약은 나의 직업이다[13]

취향을 꼬치꼬치 캐물을 건 또 뭐냐[14] 피부병에 걸린
'고드름'을 따 먹은 소년들이 터널에 앉아 코피를 흘
리고 있다[15] 철교 위에서 신부의 카섹스를 훔쳐본다[16]
신이 아닌 인간의 가랑이에 자신의 내압을 쏟고 신부
는 피 묻은 철교 위를 기어간다[17] 밤마다 산부인과에
선 죽은 새들을 헝겊에 싸서 날려준다[18] 가스 밸브를
열어놓고 한 '배후'를 사랑한다[19] 2007년 블라디보스
토크에선 '복대'를 풀었다[20] 기억의 여권이 시간이라
면 말의 배후에 그 많은 여권을 다 넘겨주어야 하느
냐[21] / 한 생애를 요약하기 위한 미궁이 필요하다 /

—다음을 바꾸어서 다시 읽어보시오

창: 교미	취향: 피부병
침묵: 색연필	밀항선: 거리
기억: 창	밀매: 가랑이
교미: 밀항선	고드름: 죽은 새
색연필: 헝겊	내압: 껍질
냉장고: 배후	헝겊: 배열
부동항: 내압	배후: 헝겊
빈혈: 가스 밸브	가스 밸브: 발음

죽은 나무의 구멍 속에도 저녁은 찾아온다
—— 베리에게

라미가 눈에게 저녁에 손을 잡아주었다 귀머리가
눈에게 속삭였다 손에 목을이 달렸다 라미가 눈의 생
존을 물었고 분홍귀가 눈을 불러냈다 아슬이 나무의
우유 방울을 약속했고 동화는 저녁에 읽지 않기로 눈
의 손목을 잘랐다 라미는 투명을 흔들던 기괴한 한
(寒)이 되었고

죽은 나무의 구멍 속에 살고 있는 저녁은

하늘에서 내려온 가장 늦은 그늘이 들어가는 자리
다 그 저녁으로 들어온 그늘에 빗물이 묻으면 나무는
밤보다 어두워진다 어떤 짐승도 구멍으로 아이를 낳
지 못하며 어떤 아이도 짐승처럼 구멍 안에 낮게 엎
드려 울지 못한다 어둠은 저녁이 천천히 빚어내는 꿈
이기 때문이다

죽은 나무의 구멍 속에서 저녁의 거미가 나온다

목젖에 붉은 연못이 얼어붙은 가을이 있었다 인간
과 놀라울 정도로 닮은 저녁에 목젖은 겨우 활동한다
이의를 제기하고 싶은 빨강에서 새들은 노래의 추종
자로 예측되었고 물 묻은 모든 계단에서 나는 일부는
구부정하고 일부는 슬프고 민첩한 그러나 투명한 거
미줄로만 모아진 파란 눈덩이를 뭉쳤다 오늘 내 지구
의 진술을 기억하라고 인중이 짙은 초식동물이 생각
하는 꽃잎의 무게가 되었다

죽은 나무의 구멍 속에 목젖이 생긴다

겨울에 한 줄로 내려온 거미의 그림자를 밟아본 적
이 없다 그것은 내가 아는 가장 고독한 문, 희귀하지
만 색이 선명한 거미일수록 허기가 길다 허공의 계
안에서 유일하게 풀색의 목젖으로 버티는 거미의 혈
통은 인간이 완전히 사라진 수준의 음악을 닮았다 깃
털을 달고 있는 산딸기처럼 그대는 결국 한밤중에 발
견한 내 눈동자 안에서 사멸할 정적, 그대가 그 기타

로 심해어처럼 인간을 뒤척이며 서러운 목구멍을 빚
어갈 때 나는 아무도 모르는 목젖을 가졌다 내가 지
나간 적이 있는 목젖으로 그대는 노래를 부른다

자두는 무슨 힘으로 외풍을 막는가
—수맥

성충이 수해 입은 손바닥을 몸 밖으로 내놓는다 외
풍을 막고 있다 여기 고립을 보충하기 위해 창밖의
벌레들은 작은 치아를 이야기하고 거기 몇 개의 양
각, 죽은 온도계 속에 들어가 웅크리고 있는 벌레의
체온을 오르내리며 물속을 구르던 유리, 성충은 자두
속에서 함께 구르던 붉은 물을 기억한다, 집단으로
폐사된 조류의 눈두덩을 한참 바라본다 집을 나갔다
가 돌아온 개는 함부로 방으로 들이지 못한다며 아버
지는 벼린 다리들 밑에서 검은 하혈을 받아낸다 나는
소아병에 걸린 아이를 데리고 산으로 가 나무에 대고
얼굴을 긁는다 최소한에서 최대한까지 습지가 입 가
장자리로 빨간 물때를 흘리며 잠들어 있다 우리는 여
러 번 이번 생에 등장했지만 *나는 아무 대사도 한 적
없는 서리*, 나는 (시간의 배역이 아니라) 나무의 배
역을 생각하며 몇 년간 수맥으로 연수 다녀온다 아사
달엔 공(空)을 나르는 구름의 필체가 있었다고 한다
이번엔 누군가 쓰다 버린 수필 속에 장마를 밀어 넣
고 가장 먼저 씨앗이 언다는 냉해를 기다린다

이꼬르들의 천식

= 당구의 가문에서 자넨 저술을 하는군 = 자네의 저택은 어떤 물감을 사용했지? = 계단에는 색을 사용하지 않았습죠 = 이보게 성냥의 취향은 폭염의 머리통이 건조한 자신의 하관까지 달려가는 망상일세

= 나는 비극보다 연하입니다 = 비가…… 어두워진다(이 문장의 느낌을 딱 3초만 생각해보자)

= 어두워지는 비가…… 허공에 측면을 떨어뜨린다

= 비는 현역이고 노랑은 비에 편입했다 = 아저씨 좀더 해주세요 = 뼈에 붙은 맛있는 불빛

= 이렇게 폐선 속에서 계속 보낼 것 같으면 = 물고기들이 확신할 수 있는 건 아가미 속의 유리들인지도 몰라

= 충고를 하나 하지 돌을 그만 내려놓고 돌의 연상을 만나라구 = 자네가 지적했듯이 우린 종종 우스

꽝스러운 객관이야 그렇지만 모형 범선도 바다까지
떠내려갈 수는 있지

　　= 스티븐슨다임, 캔, 프렌치토스트, 테드 창

　　= 무섭습니다 이 완구에게도 체질이 있다구요 =
흉가는 매일 다른 눈으로 잠들어야 하는 자신의 안구
(眼球)의 속에 존재 합니다

　　= 단골처럼 조용히 하지 못하는군 = 그날 밤의
거짓말,에 대해 이야기하거나 공방에서 줄칼로 입속
의 모든 좌표를 그어버린 소년을 한번 그려보는 건
어때?

　　= 양치기 소년은 양(量)을 세다가 이가 꼴립니다

　　= 천식과 번식 사이 자지는 한적하다 = 질(質)적
으로 =

구름이 백 년 전을 지나갔던 것일까?
—꽃밭에 묻은 양배추인형

　백 년 된 여관에선 타인이 놓고 간 잠에 예의를 먼저 갖추어야 한다 양배추인형을 안고 돌아다니던 잠도 누웠다가 갔고 인형들의 들것에 실려 간 잠도 있었다 잠의 내력에 대해서 말한다면 당신은 어느 날 잠 속에서 앞치마를 입은 인형의 등에 업힌 채 따라가서 보았던 언어가 가장 추웠던 꽃을 따 올 수도 있다

　잠 밖으로 가지고 나온 그 꽃을 이름 붙일 수 없는 한기들에게 보이고 있다면 당신은 방금 지독한 살 하나를 지나간 것이다

　구름이 잠 안에서 흐려진다 내 인형의 손가락을 잡고 잠들면 꿈에 검은 물이 든 상자를 지하실에 옮기고 있고 너의 인형의 깨진 손톱을 깎아주는 날엔 빨간 대야에 들어가 퉁퉁 불어터진 손가락을 상자의 구멍에 넣고 있다가 잠이 깬다 이것은 구름이 언어 안에서 흐려지는 일,

누군가 새벽에 들어와 옆방에서 목욕하는 소리가
들린다 자세히 들으니 수돗물을 틀어놓고 한 육체가
인형을 내려놓은 후 흐느끼고 있다 오늘 몸에 흘린
검은 상자들을 잠이라 부르면 내일은 눈을 뜨고 그
상자를 열게 된다 그렇지만 지금은 새벽인데 밖에선,
구름이 방금 백 년 전 이곳을 지나갔던 것일까?

잠 속에 한 육체를 업고 지나가다가 백 년은 몸에
이륙할 것 같은 문체를 본 적이 있다 문체라니, 문육
(文肉)이다!

육체를 구부려 꽃의 사인(死因)으로 죽고 싶은 적
이 있다

연필의 간

연필 속에서 간이 흘러나온다

간 속의 노란 돌가루들
그럼에도 불구하고 노란 돌가루

연필 속에서 탄광이 쏟아져 나온다 탄광을 말려서
간을 빚는 자, 시를 쓴다
해골이 물고 있는 꽃잎으로
혈액이 돌아오는 시간

연필은 잡념의 생식기
푸른 먼지 하나 허리를 흔들며 사라져가고
헐리고 있는 촛불
그 안에 번식 중인 빨간 간들
문어처럼 미궁을 많이 알지도 못해서
연필은 대가리를 디밀며 해저를 뒤집고 다닌다

연필을 두 쪽으로 쫙 갈라내어

간을 본다

이끼가 자라고 있는 해, 보도블록에 떨어진 혀들,
입속으로 퇴근하는 머리칼, 어항 속으로 들어가 웃는
쥐, 구름과 구름 사이 희미한 돌가루들, 아픈 배, 죽
어서 일어나 강낭콩을 먹는 비둘기, 저녁을 빗방울
속으로 밀어 올리는 맥박들, 구슬, 구슬 속을 흘러
다니는 허공

그건 간의 색인데
그믐을 그리는 건 간의 색을 그리는 것이 아니라
간의 색을 전부 지우는 일이었다고

더 친해져야 한다 이것저것 간(間)을 보면서

(오름) 8½ 팔과 이분의 일

위성이 돈다

내 삶의 전 자원인 간격에

몇몇

위성이 돈다

그러므로 '오름'은 올라온 내부이면서 내려간 바깥
이다 내외(內外)로 검게 그을린 오름에 붙어 사는 박
쥐 또한 내부이면서 바깥이다 그러므로 박쥐는 바닥
에 내려와 있으면 피부에 가깝지만 뒤집어서 보면 하
얀 배를 가진 내장이다 내장에 가까운 피부를 가진
구름은 파충류다 구름의 피부를 가진 비는 구름을 육
식(肉食)하며 이동을 건딘다 굳이 이러지 않아도 실
향(失鄉)한 구름의 실성은 뇌우의 내부다 내 바깥이
참말로 자발없어

내 삶의 전 자원인 간격에
몇몇 위성이 돈다

전쟁이 우리들의 화물(火物)을 나르는 안팎의 자
오션이듯이
　당신이 쥐고 있는 화폐가 내가 내 속에서 자란 여
운과 이룬 혼인을 원소로 돌려놓기도 한다

　그러므로 내 몸속의 원유는 발견되지 않는다 어려
운 기압골에 머물다가 '간극'에 가까운 활주로들을
밤이면 지면에 내려놓고 가리라

　그러므로 구름은 툭!툭!툭! 먼 세계의 지하로 내
려가는 Space bar이거나
　내 카메라 속 빛에 매달려 하얗게 뜬 박쥐들이다
오름을 가진 구름은 포유류다 그러므로

미음, 미음을 먹어요

─골목에서 발견한 아기의 신발 한 짝은 언제나 섬뜩하다
그건 누군가의 전생 같아서 뒤로 물러나서는 안 된다 그냥 지나
치는 짝이다

\#

미음, 미음을 먹어요. 미음, 미음에 대해서 나는 말해요. 미음에 대해서만.

당신이 마권을 들고 춤을 출 때 내가 찍은 말은 경마장 마구간에서 병신처럼 울고 있어요. 언제 그 말은 다리를 모두 버릴 수 있을까요. 당신은 언젠가 내게 이렇게 말했죠. "가출한 여고생이 하룻밤만 재워달라고 한 적이 있었어. 나는 새벽에 내 방에서 잠들어 있는 그녀의 이마를 만지다가 몰래 짧은 치마를 올리고 빤스를 내려다보았어. 생리대가 없어 밑에 화장지를 붙이고 다니더군. 비릿한 기분에 난 담배를 꺼내 물었지." 난 당신이 그 소녀의 빤스를 다시 올려주었다고 했을 때 진심으로 흥분했어요. 나 역시 언젠가 경험이 전혀 없는 남동생에게 이렇게 말한 적이 있죠. "네가 만일 그걸 아끼고 있는 것이 확실하

다면, 길거리 여자에겐 주지 마라. 그럴 거면 차라리 나한테 다오.” 그날 나는 이빨 사이에 낀 털을 퉤퉤 뱉으면서 누군가에게 말했어요. 어젯밤은 입 안이 경험한 모국(毛國). 그곳은 털이 아닌 탈(脫)이 많고 많은 세계란다.

/맞아 당신은 이제 더 이상은 털이 날 나이가 아니지. 이제 탈이 났군그래.

미음, 미음을 먹어요. 미음, 미음에 대해서만, 사랑이란 서로의 구멍을 가장 자세히 들여다볼 수 있는 사이예요. 우리 어머니와 아버지도 이빨 사이에 낀 서로의 ‘음모’를 퉤퉤 뱉으며 사랑했어요. 정기적으로. 미음처럼 부드럽게 우리는 서로에게 넘어갔죠.

#
어머니는 그날 아침 이빨 사이에 낀 아버지의 자지 털을 손가락으로 끄집어내며 말했다. 어젯밤엔 사람을 하나도 태우지 않은 회전목마들이 피를 흘린 채 빙빙 도는 꿈을 꾸었어요. 나는 육(肉)을 당신은 구(口)를 사랑한 세계, 내가 딱딱한 구멍을 벌려 낳을 뼈는 지금 얼마나 구멍이 자라고 있을까요. 내 안에서 자기 뼈를 모으고 맞추고 있는 한 아이의 눈에 우리의 육신(肉身)이 밝아지고 있어요. 당신은, 이걸 짝이라고 부를 수 있을까? 그날 아침 아버지는 이빨 사이에 낀 어머니의 보지 털을 퉤퉤 뱉으며 말했다. 당신 몸속의 전화선을 꺼내 지금 당장 통화를 하도록 해줘. 어젯밤엔 부모의 처량한 관계를 훔쳐보고 처음으로 지붕에서 춤이란 걸 추어보았고, 다음 날엔 면도칼을 들고 새벽의 놀이동산에 가서 자고 있는 회전목마들의 배를 갈랐다. 음모(陰謀)에 친친 감긴 핏덩이가 세상으로 흘러나왔다. 자연스럽게.

다섯 개의 물체주머니를 사용하는 자연 시간

　　—벽의 숙주는 틈이다
　　　안으로 어떻게 들어갔을까

1. 물장구들의 생태계(가면극)

　후렴을 먼저 시작하기로 한다. 이를테면 먼지가 가득한 다락방 창문에 턱을 괴고 앉아 창밖으로 훨훨 날아가는 가면을 바라보는 동화가 있다. 밤은 처음부터 끝까지 공간보단 색에 가깝다고 믿는다. 탁자 위의 촛불, 촛불 안으로 떠도는 묽은 생태계를 바라볼 수 있는 유일한 윤곽은 인간이다. 라고 말하고 싶어지는 밤이 있다. 불은 썩을 수 없는 자신의 속성을 향해 퍼져가는 듯하다. 시간보다 우위에 있는 '공간'으로서, 촛불은 여기서 한 번도 썩은 적이 없고 저기서 '언어'처럼 우리가 흙으로 묻을 수 없는 색으로 부유한다. 그렇게 자신의 습기와 유사한 피를 모으는 불안의 원리로, 촛불은 자신의 공간을 우리가 모르는 물로 채운다. 그건 내 물장구들의 생태계이기도 하고 당신이 내 언어에 벗어놓은 눈〔目〕, 밤마다 책상에 앉아 연필의 유분으로 지도 위에 그려 넣은 눈사람, 그렇게 본 적 없는 토대로 자신의 수위를 높이면서 천천히, 그리고 확연히 죽어가는 물의 염에 대해 우리는 '사이'의 신분으로 부단히 참여했다. 때로는 지옥의 체액으로 때로는 자신의 체액에 집중하는 화상(火傷)으로.

2. 색이 없는 식물

겨울의 놀이터는 노랗게 식물을 퍼뜨린다. 입천장처럼.

입천장처럼

입천장처럼

입천장을

오락가락하는 혀처럼

'저녁의 그네'를 타고 있는 엄마, 내 작은 슬리퍼를 신은 채 오 센트 동전처럼 하얀 이를 드러내며 웃고 있는. 그 속에 빨갛게 부서진 이빨들, 매일 매일 서로를 더욱더 상실해가는 배열. 엄마를 보트하우스에 태우고 벤자민 프랭클린처럼 수염을 기르고 살 거야. 엄마는 일어나서 하루에 한 번 나의 수염을 다듬어주기만 하면 돼, 나는 엄마의 무릎에 앉아 내 몸에 있는 가장 연하고 부드러운 혀를 꺼내 피가 나오는 엄마의 잇몸을 꾹 눌러주었다.

"누군가의 입 안에 혀를 넣어본 건 그때가 처음이라구."

— 쫙 혹은 꽉

여기는 미끄럼틀 안이다. 바닥은 비가 오고 나서인지 축축하다. 그렇지만 비가 온 후엔 아무도 미끄럼틀을 찾지 않기 때문에 나는 이곳을 혼자 차지할 수 있다. 도대체 누가 놀이터에선 마음껏 떠들어도 좋다고 허락을 한 거지? 만약 세상에 절대 말하지 않고 혼자서만 놀 수 있는 놀이터가 있다면 나는 그곳의 골드 회원이 될 거야. 심지어 말을 하거나 큰 소리로 떠들면 어두운 곳으로 데려가서 혀를 아스팔트에 갈아버린다고 해도.

올챙이가 손바닥 위에서 입을 뻐끔거리며 조금씩 노란 물을 토한다. 나는 종일 미끄럼틀에 누워서 손바닥의 올챙이가 숨이 멎는 것을 바라보았다. 그러곤 돌아오는 길에 골목에서 벼락 맞은 티브이를 몰래 방으로 주워왔다. 벼락, 맞은 티브이는 방 안에서 항문으로 찬 똥물을 질질 흘렸다.

"그런 걸 어디다가 쓰려고? 잡음만 나오는 불량품이잖아."

"엄마! 난 불량한 기관총처럼 하루 종일 젖었다구."

플러그를 꽂자 벼락, 맞은 화면은 캄캄한 공기로 울렁인다. 몇 줄의 종분(種粉)을 흘리며 스스로의 질서를 어지럽게 화해시키려는 듯했다. 깊고 내밀한 자신의 동기처럼, 지지직—, 농아가 목 안의 임파선을 움직거리며 그들의 언어를 세상의 원리 밖에 두듯이. 별이 저쪽에서 우리가 모르는 소음으로 풍부하듯. 밤새도록 '잡음'은 어두운 화면 속에서 자라고 있었다. 색이 없는 식물처럼.

불을 끄고 누운 채 브라운관을 보고 있는데 쥐들이 뒤란에서 선반 위의 분유통을 엎지르고 '뒷다리가 갓 나오기 시작한 내 올챙이들'을 뜯어 먹고 있었다. 우지직— 다리가 찢겨나가고 머리통이 우드득, 씹히는 소리가 들렸다. 무서워서 달려가보지 못했다. 식물은 흥분과 함께 공포가 밀려오면 몸을 '쫙 뻗거나 꽉' 움츠린다고 한다.

3. 우리들의 녹지율(綠地率)

저녁은 깊이 떠 있다. 고장 난 티브이가 주는 상상력(반드시 전원은 들어와야 한다)에 대해 나는 깊이 흡연한다.

벼락, 맞은 화면은 죽은 잠수부만이 눈을 뜬 채 내려갈 수 있다는, 해양 심층수의 공간처럼 짙게 흘러내리고 있었다. 그 수심은 태양빛이 닿지 않는 몇천 미터 이상 깊은 바다 속을 흐르는 물이라는데 "오빠야 저 안은 칠성사이다 속 같은 거야?" 누이가 물었다. "응 우리가 한 번도 마셔본 적도, 들어가본 적도 없는 화면." '사실'이란 늘 이상과 이하 사이에 놓인 기포에 불과하다. 닿을 수 없는 문장 사이에 존재하는 우리들의 '녹지율' 같은 거. '법정 수준'에서 볼 때 생태계는 언제나 참혹을 설명할 수 없고 참혹의 염색체엔 친필(親筆)이 없다.

"그러니까 지금까진 자막 없이 잘 산 걸로 치자구."

그건 선택 사항이 아니라 선행돼야만 하는 음울한 도시의 계획에 있는 '공원'들처럼, 그 공원에서 한참 떨어진 곳에 있는 내 다락들을 여기 발표하기로 한다. 그런데 떨어진 벼락은 도대체 티브이의 어느 부분을 뒤져야 찾을 수 있는 것이지? 애야 벼락은 상호 신뢰가 가능해야 보이는 거란다. 벼락과 다락 사이. 오가며 벌려보는 우리들의 입천장.

아들: 엄마! 취미가 뭐예요?

엄마: ……음 그건…… 네가 좋아하는 거란다.

아들: 엄마 그럼 내 취미는 '젠장!'과 '벼락'이에요.

엄마: 얘야, 그럼 엄마의 취미는 뭐라고 생각하니?

아들: 음…… 엄마의 취미는 '염병!'하고 '다락'이에요.

엄마: 염병할 놈 다락으로 썩 꺼져버려.

아들: 젠장, 또 벼락이군.

4. 우리는 모두 이 땅의 불에 젖어 날리고 있는 여객기라는 생각
—이 부분은 그림자극으로 만들어질 필요가 있다

언제나 그림자의 질을 결정하는 것은 **빛**이 아니라 **벽**이었다.

손으로 하는 그림자놀이의 시작은 피부 속에 미로들이 존재한다는 것을 믿는다는 것이고 손 없이 하는 그림자놀이

의 끝은 **벽**의 피부로 들어간 어두운 그림자들이 밤에 저 혼
자 움직이는 것을 목격하는 일이다. **벽** 안엔 아직도 붉은
손이 돌아간다. 손은 광물을 성숙시킨다. 하나의 손에서 **벽**
까지 날개가 묽게 흘러나오면 다른 하나의 손에선 그 날개
를 연주하는 바람이 **벽**에 부푼다. 하나의 손에서 **벽**으로 태
풍이 불어온다. **벽** 속에서 하나의 손이 언덕 위의 집이 되
어 덜덜 떨면서 울어준다. 엄마가 그림자놀이에 지쳐했을
때 나는 잠들어 있는 어머니 곁으로 갔다. 엄마와 어머니
사이의 그림자. 잠든 그녀의 손을 들어서 **벽**에 비추고 그림
자놀이를 한다. **벽** 속에서 툭툭 바닥으로 떨어지는 그림자.

"애야 눈은 우리 몸 안에 있는 **벽**에 비친 깊은 그림자란
다."

"엄마 우리가 그림자를 갖는 건 빛과의 계약이에요. 전
이 계약을 다 사용하겠어요."

"팔이 아프구나. 손을 내려놓고 좀 쉬거라. **벽**이 피를 흘
리잖니."

생이란 자신의 그림자 속에 여객기를 띄우는 일이라는
생각, 새는 **벽** 속을 날면서 숨겨진 생식기를 크게 부풀리고

그런 새의 출산을 지켜보며 모퉁이의 그림자엔 푸른 불이 번진다. 이것은 어둠 속에서 **벽**의 출산을 바라보던 나의 첫 번째 여객기.

벽에 화장분을 발라주는 일의 기묘한 느낌에 대해서 말하고 싶은 유혹을 받는다. 세계의 앞에선 클클거리며 어머니의 화장품을 몰래 **벽**에 발라주었고 세계의 뒤편에선 어머니의 화장품을 찍어 바르고 혼자서 **벽**에 얼굴을 문질렀다. 쓸쓸한 책들의 천진함처럼, 오래 유지될 수 없다는 사실을 알고 있는 동화의 관용처럼, 나는 그림자를 세상 쪽으로 조금씩 크게 부풀리며 자랐다. 그리고 마지막에 떠나기 전 그 집의 '다락과 벼락' 사이에 놓인 둥글고 흰 **벽**에 내가 박아둔 못, 어떤 이는 아직도 그 못에서 피가 흐르고 있다고 말하고 어떤 이는 그 못에 박혀 피를 흘리며 빠져나오지 못하고 있는 그림자 한 벌을 '꿈만이 출 수 있는 춤'이라 한다. 허락된 이 지면으로 지금 이 천공(天工)을 언어에 허락할 수 있을까? 언어여 나는 언제나 네게 차가운 질(膣)이었다.

(어느 누가 그 많은 수(數)에 대한 생각을 견딜 수 있겠는가*)

이제는 화장을 하고 놀고 있는 그림자들이 살고 있는 세계, '**벽**'에 관한 이야기다. 그곳에 기대어 있으면 누구나 지상의 저녁이란 공간의 모든 짐승이 시간의 식물로 이민 가는 것을 바라보는 일이라는 것을 알게 된다. 그때 나였거나 나이거나 당신이었을 불황들은 모두 이 땅의 불에 젖어 날리고 있는 여객기라는 생각, 그런데 여객기가 납치되었다는 뉴우스엔 왜 자꾸 흥분이 되는 걸까?

그런 점에서 전투기가 행사에서 보여주는 에어쇼는 비행기를 가장 불쌍하게 보이게 한다. 겨울이 되자 정원에 나가서 죽은 꽃만을 따와 꽃꽂이를 시작해보기로 한다. 단, '초'침의 축을 어떤 물기 속에선 좀더 자유롭게 해줄 것. 그런데 **딸깍!*** 외에 전등을 켜는 방법은 도대체 몇 가지나 있을까?

* 가스통 바슐라르.

딸깍!
흡연(吸煙) 구역

5. 눈이 내리는 워터볼* 만들기

음악극(*A Distance There is Theatre Tragedy*)

-재료-

잼이나 피클 용기 따위의 뚜껑의 높이가 낮은 유리병

병 속에 들어가야 할 작은 피겨 '목조 벤치, 연인들, 가로등'

아크릴 물감, 컬러 락카, 흰 반짝이 가루 1봉지, 증류수 1병, 글리세린 1병, 5mm 정도의 폼보드, 플라스틱이나 바니시 바른 나무

1. (칠)

따뜻한 물에 유리병을 충분히 적셔 용기에 붙은 라벨을 부드럽게 떼어낸다(혀를 사용할 수도 있다). 뚜껑에 제소칠을 2회 정도 해주고 잘 말린 다음 원하는 색상의 아크릴 물감으로 다시 2회 정도 칠해준다.

그런 다음에 넣고 싶은 피겨에 바니시칠을 해준다. 물에 닿았을 때 녹슬 만한 금속이나 탈색되는 색깔의 피겨는 되도록 피하는 것이 좋다. 일테면 금속성 산타나 눈사람. 혹

은 회전목마나 마차.

2. (접착)

피겨에 칠이 다 말랐으면 순간접착제를 바르고 폼보드나 바니시 바른 나무에 부착시킨다. 꾹 눌러주고 고정이 될 때까지 기다려준다. 눈이 내릴 것 같은 젖은 하늘을 상상하거나 포도맛 사탕의 단물을 기억해보는 것도 시간이 빨리 가는 방법이다.

3. (매장)

모양이 고정되었다고 생각되면 유리병 속에 천천히 증류수를 부어준다. 피겨를 넣었을 때 물이 넘치치 않도록 물높이는 예민하게 다루어야 한다. 일반 수돗물엔 불순물이 있어 유리병 속에 넣으면 뿌옇게 보일 수 있으니 반드시 약국에서 증류수를 구입하는 것이 좋다. 그런 다음 소량의 반짝이를 손가락 끝으로 집어서 물속에 천천히 뿌려준다. 마지막으로 글리세린을 살짝 두 방울 정도 넣어주면 반짝이가 뭉치지 않고 눈처럼 수정구 아래로 흘러내린다.

그리고 이런 이야기가 시작된다.

눈이 내린다.
나는 하나의 수정구를 들고 다
락에 앉아 있다. 수정구 안에는 작고 기다
란 목조 벤치가 놓여 있다. 한 쌍의 연인이 손을
잡고 유리 너머의 세상을 향해 미소 짓고 있다. 유리구
속에 바람은 불지 않지만 유리의 양(量)으로 만들어진 연인
의 몸은 추워 보인다. 나는 수정구를 거꾸로 뒤집는다. 유리 안에
담긴 허공에서 눈이 흘러내린다. 연인의 머리 위로 만질 수 없는 물
기로 이루어진 눈이 내린다. 유리 속 허공이 젖는다. 내리는 눈을 올려
다보며 연인은 꼭 잡고 있는 손에 지그시 힘을 싣는다. 둘은 서로의 얼굴
을 만지는 '사이'다. 한 유리는 공중으로 떠오르지 않기 위해 미소 속에 안
간힘을 쓰고 있고 한 유리는 안간힘 속에 미소를 머금고 있다. 하나는 유리
로 만들어진 유령이고 하나는 유리로 만들어진 자신의 눈동자를 유령이라
고 믿는다. 햇살이 비치는 벽에 나는 이 수정구를 데려간다. 수정구 안의
세계는 이루어져본 적 없는 계약처럼, 속악한 세상으로 흘러나온다. 벽
으로 흘러온 연인의 모습이 비치는 것이다. 미혹을 안고 인중(人中)에
쌓인 눈을 떨어뜨리지 않기 위해 벽 안으로 들어간 것처럼 보인다.
나를 피로 뭉치게 한 너희를 내 유리에 뜬 피라고 부를 수 있게 된
그날의 사진 한 장, 나는 수정구를 다시 거꾸로 뒤집는다. 연
인들이 뒤집힌다. 바닥에 쌓여 있던 눈이 떠오른다. 공중
으로 다시 퍼진다. 눈알들이 유리 속에 글썽인다.
햇살이 비치는 벽 속에도, 인종(人種)의
눈이 내리고 있다.

정전.

아니 암전.

'어머니! 우리에게 이해는 저승이었습니다'

아니 누전(漏電).

---

* 혹자는 수정구라고 부르기도 하는데 정식 명칭은 스노글로브이
다. 동그란 유리구를 흔들어주면 눈가루가 샤방샤방 흩날리는
장난감. 1889년 파리 만국박람회에서 에펠 탑이 들어간 스노글
로브가 소개되면서 인기를 얻기 시작했다고 한다.

프리지어를
안고 있는
프랑켄슈타인

—젤소미나에게 (MONO)

문학과지성사

J, 밤이면 내가 쓰는 언어는 짐승의 빛깔이고 새벽이면 내 언어는 식물의 빛깔이 됩니다. 인간의 돌멩이를 피해 달아나 꽃을 안고 당신에게 달려가다가 나는 풀숲에 엎드려 있습니다. 내가 당신을 사랑하기 위해서 치러야 할 목젖의 일이 입을 벌리고 내 미라를 꺼내주는 것이라는 것을 알기 때문입니다. 오늘은 꽃들의 붉은 똥을 마시고 뼈에 연보라색 불이 들어오도록 음악을 종일 들었습니다. J, 인간의 곁으로 가기 위해 나는 경(經)을 버렸습니다. 사물로부터 불어오는 만물의 경계를 오래 바라보며 사물과 맹목을 지나 나는 내 눈의 수액이 구름 속으로 스미는 것을 보고 있습니다. 구름이 흰 뼈를 드러내는 시간은 내 얼굴이 노란 화상을 입는 시간이고 구름이 흰 손가락들을 내 얼굴에 집어넣는 시간은 당신을 향한 내 몸의 뼈들이 붉게 부어오르는 면입니다. J, 오래전 나는 헛간에 앉아 한 새장을 기르다가 죽은 새를 보았습니다. 맞아요 J, 새는 새장을 기르지 못합니다. 새장은 깃털을 모아두고 '날개'로 자신의 '혀'를 놀리다가 가는 또 다른 새일 것입니다. 구름 속에서 달이 허우적거립니다. 자기 허공에 색을 모으다 가는 달의 체내로 구름을 견디느라 지금 이 시간으로는 그대를 부르지 못합니다. 구름 속에서 달은 미천한 눈을 천둥의 수분에 맡기고 구름은 망각을 다른 수면으로 이동시키는 중입니다. 그렇지만 구름의 세계에서 보자면 달도 자신의 배색에 불과합니다. 둥둥 떠 있다가 허우적거리는 일에 불과한, 허우적거린다는 것은 의식이 생활에 더 밀착해 있다는 것인가요? 아닙니다. 허우적거린다는 것은 사물을 더 이상 이런 방식으로는 표현하기 어렵다는 것입니다. 평면 위에서 점점 착오가 되어간다는 겁니다. J, 나는 내내 이 착오를 완성하고 그 미개로 죽겠습니다. J, 제물은 언제나 같은 이유로 제단에 바쳐지곤 했습니다. 제물은 언제나 우울이 아닌 공포로 세계를 견디고 있어야 했습니다. 수많은 척후병의 도움을 받아 그 공포는 더욱 단단해지고 모든 운동은 음표를 잃어가고 참혹해지고 있습니다. 거기서 우리의 은유는 얼마나 적대적인 것이 되어버렸습니까? 제물은 헛소리를 할 수 있는 존재입니다. 미혹에 붙들려 제물은 자신의 형신(形神)이 어디로 바쳐지는지 모를 때 가장 연연한 춤을 춥니다. 혼효한 나의 필체는 공포의 대상 앞에서 더욱 활기를 가졌습니다. 구름과 달은 서로의 수면에 누워 있듯 서로의 상(像)에 스미는 헛소리입니다. J, 경마용 말과 짐 끄는 말의 사이에 지금 나는 숨어 있습니다. J, 사랑하는 나의 J여, 혼란의 형신을 수용할 수 있는 형식을 나는 찾고 있습니다. 나는 내 생에 가장 유사한 교란이거나, 나의 편의를 돌보는 이 (피부의) 왜곡으로 저의를 갖지 않을 것이기 때문입니다. 당신이 우리가 모르는 생태계로부터 불어오는 이 꽃의 따귀를 때리신다고 하더라도. 내내 참혹엔 친필이 없습니다. 이 꽃을 받아주시겠습니까. 당신의 미라로만 나는 사랑입니다.

환풍기

환풍기가 돌아간다

나의 고대에선 목마름으로 육체의 가문은 한가롭지

매연을 속에 기르고 사는 식물이 더 오래 산다

그래 내 주먹 속에도 요정은 있지
나는 지금 단 한 번도 내가 찾아가지 않은 오지,

에서 환풍기가 돌아간다
정말로 환장하겠다는 듯이.

그건 등 뒤에서 문 걸어 잠그는 소리가 적응이 안
된다는 거다
이번 생과 외교(外交)를 그만하고 싶다는 거다

미로 속에 환풍기가 돌아간다
날개 너머 빛 속을 채우고 있는 매연
언어들이 뿌옇게 내연한다.

제2막 인어의 멀미

물소리가 허공에 쌓이고 있다
공기가 물의 체내에 쌓인다
그늘이 허공을 벌리고 흘러내린다

언어가 성대를 꺼내놓는다
천천히 지면을 걸어다니는 언어
언어가 허공에 입을 벌렸다가 다물었다가 한다
다시 입을 벌리며

인어(人語)와 언어(言魚)
사이에 지느러미가 있다

무릎의 문양

1

저녁에 무릎, 하고
부르면 좋아진다
당신의 무릎, 나무의 무릎, 시간의 무릎,
무릎은 몸의 파문이 밖으로 빠져나가지 못하고
살을 맴도는 자리 같은 것이어서
저녁에 무릎을 내려놓으면
천근의 희미한 소용돌이가 몸을 돌고 돌아온다

누군가 내 무릎 위에 잠시 누워 있다가
해골이 된 한 마리 소를 끌어안고 잠든 적도 있다
누군가의 무릎 한쪽을 잊기 위해서도
나는 저녁의 모든 무릎을 향해 눈먼 뼈처럼 바짝
엎드려 있어야 했다

"내가 당신에게서 무릎 하나를 얻어오는 동안 이
생은 가고 있습니다 무릎에 대해서 당신과 내가 하나

의 문명을 이야기하기 위해서는 내 몸에서 잊혀질 뻔
한 희미함을 살 밖으로 몇 번이고 떠오르게 했다가
이제 그 무릎의 이름을 당신의 무릎 속에서 흐르는
대기로 불러야 하는 것을 압니다 요컨대 무릎이 닮아
서 사랑을 하려는 새들은 서로의 몸을 침으로 적셔주
며 헝겊 속에서 인간이 됩니다 무릎이 닮아서 안 된
다면 이 시간과는 근친 아닙니다"

2

그의 무릎을 처음 보았을 때
그것은 잊혀진 문명의 반도 같았다
구절역 계단 사이,
검은 멍으로 한 마리의 무릎이 들어와 있었다
바지를 벌리고 삐져나온 무릎은 살 속에서 솟은 섬
처럼 보였다
그는 자신의 무릎을 안고 잠들면서

몸이 시간 위에 펼쳐놓은 공간 중 가장 섬세한 파
문의 문양을
  지상에 드러내 보여주고 있었던 것이다

"당신의 무릎으로 내려오던 그 저녁들은 당신이
무릎 속에 숨긴 마을이라는 것을 압니다 혼자 앉아
모과를 주무르듯 그 마을을 주물러주는 동안 새들은
제 눈을 찌르고 당신의 몸속 무수한 적도(赤道)들을
날아다닙니다 당신의 무릎에 물이 차오르는 동안만
들려옵니다 당신의 무릎을 베고 누운 바람의 귀가 물
을 흘리고 있는 소리가"

                3

  무릎이 멀미를 하며 말을 걸어오는 시간이 되면
  사람은 시간의 관절에 대해 이야기할 수 있다고
한다

햇빛 좋은 날

늙은 노모와 무릎을 걷어올리고 마당에 앉아 있어
본다

노모는 내 무릎을 주물러주면서

전화 좀 자주하라며

부모는 기다려주지 않는다 한다

그 무렵 새들은 자주 가지에 앉아 무릎을 핥고 있
었다

그 무릎 속으로 가라앉는 모든 연약함에 대해

나는 이 세상에서 가장 무서운 음절을 답사하고 있
었는지 모른다

"당신과 내가 이 세상에서 나눈 무릎의 문명을 무
엇이라고 불러야 할까요 생은 시간과의 혈연에 다름
아닐진대 그것은 당신이 무릎을 안고 잠들던 그 위에
내리는 눈 같은 것이 아닐는지 지금은 제 무릎 속에도
눈이 펑펑 내리고 있습니다 *나는 무릎의 근친입니다*"

물-질
──유배지

거기까지 읽고 나는 가마 사진이 있는 책을 덮었다

그 물에 대해 간략하게 쓰기로 한다 얼마 전에 꿈
을 꾸지 않았느냐고 그가 물었다 꿈을 갖고 들어오면
멀미가 생길 거라고 했다 노를 버리고 그는 바닥에
반듯이 누우라고 했다 살아서 우는 소리가 섬에서 들
리면 바다가 섬을 물밑으로 당겨간다고 했다 송장처
럼 누운 채로 배에 실려 그 섬으로 흘러 들어갔다 그
리로 가는 길을 알지 못했으나 여기서부터는 그런 물
음은 삼가자고 그는 손에 든 내 책을 바닷물에 씻으
며 말했다

섬에선 바다에서 건져 올린 몇 가지 육(肉)을 말리
고 있었다 숲에서 뱀이 우는 소리가 들려왔다 누군가
몸을 바꾸고 있는 것이라고 했다 멀리서 보면 어선
몇 척이 어두운 촛대처럼 일렁였다 당신의 피 냄새를
바람이 맛보는 것이라고 했다 그렇게 입을 벌리고 있
으면 뱀의 울음이 몸으로 다 들어올 거라고 했다 그

곳에서 이야기할 것은 못 되었지만 방 안에 있는데 사립문을 열고 들어와 눈을 뜨고 썩어버린 어미의 눈을 감겨주는 아이의 동공을 보고 말았다

여인들은 밤마다 대야에 미지근한 물을 받아 잠들어 있는 남편에게 갔다 잠든 남편의 손을 물에 담그고 있으면 비밀을 털어놓는다 했다 그것은 어디까지나 통설에 가까웠지만 가마를 타고 섬으로 유배 온 부인들이 저고리를 벗고 물속으로 들어갔다 살아서 죽음을 피했으나 죽어서 삶을 피할 수 없는 혼(魂)들이 섬을 흔들어댔다 가마 속에서 검은 울음소리가 들려오는 것 같았다 (그는 어둠 속에서 가족의 입을 틀어막고 울었다고 했다) 나는 바다 속에 수장되어 있다는 그 오래된 사기(史記)를 생각했다 바람이 상투를 천천히 풀기 시작했다 혹자는 바다에 버리는 머리카락은 귀물(鬼物)이 된다고 했으나 나는 조신(祖神)의 문패로 쓰였다는 그 나무의 이름이 궁금해지기 시작했다

　새벽이 되자 무덤을 실은 배가 물로 흘러 들어갔다
물속에서 해녀들이 검은 책들을 뱉어내며 부르는 노
래를 다시 듣게 되면 당신은 기록과는 무관해진다고
했다 벽에서 바닷물이 새어 나오기 시작했다

　나는 지도를 펴고 유배된 사관(史官)들이 사약을
받고 궁을 향해 목의 피를 뿌렸다는 자리에 칼을 박
았다

　책 속, 멈추어 있는 가마 속에서 검은 울음소리 종
이에 오른다

당신의 눈 속엔 내 멀미가 산다

벽 틈으로 들어간 달팽이가 사흘이 지나도
밖으로 나오지 않을 때
벽에서 일어나는 붉은 비린내를
빛을 외로워한 그 달팽이가
안에서 혀를 깨물고 있을 것 같다고 여길 때
물기의 층을 거쳐 태어난 목젖이 자기 음악을 알아
보고
집 안에 뜨거운 물을 받아놓을 때

옥상의 노란 정화조 탱크 속에
지친 새 한 마리 눈을 감고 떠 있을 때,
구슬처럼 행불이 된 연인을 찾아
투명한 뼈를 가진 벌레들을 가방에 모으며 여행할 때
남몰래 아주 긴 피로 별자리를 물들이고
너무나 많은 달걀 안의 수도를 알고 있지만
방에 귀만 넣어두고 자야 할 때

오래된 미라의 귓속에 가만히 내 귀를 대어보았을 때

내 귓속의 죽을 당신에게 다 흘려준다고 생각했을 때

오래 비운 집에 돌아와보니 집이 헐리고 있을 때
구멍 속에서 고운 가루가 된 달팽이를 발견하고
목으로 인어들이 우루룩 밀려올 때

유리에 금이 오른다
번지는 일로만 여러 번
당신의 손가락을 물고 잠들고 싶었는데

그대를 더 연하게 만드는 여행들

빵 굽는 타자기

고양이를 데리고 산책을 나갈 수는 없어요 고양이는
모두가 쓰다듬어주면 멀미를 하는 동물이니까요

돌림병을 앓고 있는 타자기를 고치러 거리를 나섰죠
이제 이 도시엔 타자기를 치료하는 곳은 별로 없
어요
내 타자기는 자꾸 이상한 트림을 해요

비명

한 문장을 완성하기 위해 물에 뜨는 빵을 사 왔어요

비명

한 문장을 완성하기 위해 가라앉는 빵을 타고 물속
으로 내려갔어요

비명

한 문장을 완성하기 위해 나는 매일 밤 걸레로 욕
조를 닦아요
이야기는 떠나고 욕조만 남은 문장을 쓰기 위해

비명

4월엔 덧니가 자랐고
5월엔 앞니가 부러졌어요
6월엔 송곳니에 설탕을 발라주었죠

고양이가 죽었어요 죽은 고양이를 타자기에 넣어
주었어요
들들들 종이 위에서 멀미하는 고양이들

내 고양이는 담과 담 사이에서만 흘레붙어요

내 이름은 연애

생각해보면
모든 왕은 이명(耳鳴)을 앓다가 갔다
그건 자신의 나라의 문자를 만든 왕이
밤마다 자신의 잘못된 철자들을 맞추면서
헛소리를 하는 것
시녀는 밤마다 그런 왕이 이명을 버리고 잠들 때
까지
바지를 내리고 왕의 좆대가리를 만져주었겠지만
왕은 시녀가 옆에 잠들고 나서야
깨진 글자를 물고 열도로 간다
그건 왕의 바탕이었기에
그 연애에게도 미안하다는 생각

어떤 연애의 끝은
"당신이라는 청동 속에서 내 인육이 흘러나오는
걸 끝까지 지켜볼 거라구"
라고 하는 것이었지만
누구에게나 흉(凶)이 되고 싶었던 그 연애에게도

미안하다는 생각,

삶이 한 구멍에서 한 구멍으로 연결된 섬이거나
몸 위에 남다른 고성(高城)이
훌쩍
훌쩍
지어질 때
목 잘린 목동은 숲을 내려온다

피리는 잃어버리고
자신의 머리통에 잠든 늪지의 새들을 떠올리며

‘이명’
너하곤 죽나는 연애를 하고 싶다

내장기 에반게리온

아마도 이것은 ( )괄호 안의 해저
태어나지 않는 내 아이의 지독

창밖으로
새들의
귀지가 날린다

뼈 없는 허공이
귀지로 다 덮인다
밤이라고 한다
그 가문(家門)을 후려치고 갈 수는 없을까

인간의 귀는
외관보다는 내관에 가깝다
안으로 듣는 귀가
외로울 때
소리는 위독하다

가령,
새들의 날개는 운이 좋아 밖으로 나온 내장이라고
생각한다
부두에 내려앉아 내장을 말리는 새들!

귀지를 흰 종이 위에 파놓고
부엌의 숟가락처럼 등이 어두워지는
아마도 이번 생은
내장기(內腸期)가 아닐까

주먹 쥔 손에선 허공의 내장이
자꾸 터진다
내장에선 또 수백 개의 귀들이 부푼다

아귀(餓鬼)

길에누워자는사람들은밤에자신도모르는사이옆으
로와서누워자는사람에게
　병을옮긴다고한다살을닿고가만히곁에누웠을뿐인
데그들은자신도모르는사이
　서로병을옮기고병을받으며죽어간다그들은입을다
물지못하고잔다

　무당은죽어서도무덤을갖지못한다는데살아서미물
이었던그들은죽으면더욱
　다정을앓아야한다는데자신도모르는사이그들은언
제나칼날위가아닌인간위에서
　가장위태로워보인다

　새장을열고손가락으로죽은새의목구멍을열어본다
액에젖은벌레가기어나온다
　벌레가몸에묻은어둠을핥는다그건이쪽의어둠이아
니어서나는무덤을갖지못한
　새들의저녁을생각한다

감자탕집에서땀을뻘뻘흘리며뼈다귀를뜯어먹는데
맞은쪽에서도뼈다귀를뜯고있는사람이보인다
　이안[內]은**우리**같군창문밖엔거지하나주머니에두
손을넣고이쪽을빤히바라보고있다
　이봐거기는**우리**바깥이라구입을다물지못하고땀을
뻘뻘흘리고뼈다귀를핥고빨고뜯고있는데
　먼하늘로수송기한대가좆같은굉음을내며중환자처
럼실려가고있다자신도모르는사이여기는
　입안의초록을모두열어놓고새의입속으로들어가잠
드는, 그래 다물고 감자, 감자

우리의 밤은 당신의 낮보다 아름답다

나는 밤에, 거리에 서서 주머니를 자주 뒤집어보는 인간, (이었다) 언제 깎고 담아두었는지 모를 물렁하고 누래진 손톱들이 바닥으로 쏟아졌다 (해변)처럼 깎을수록 완성되지 못하는 손톱들에 대해서 나는 한참 생각해본 적이 있는 짐승, (이므로) 낮에, 캄캄하고 따뜻한 잠, 손톱 속으로 여행 온 새들이 뜬 적이 있다

밤에, 창턱에 손목을 올려놓고 손톱으로 가만히 들어오는 그늘을 바라본다
낮에, 늙은 엄마가 손톱을 씹고 있는 걸 바라보고 있으면 그건 유전이 될 것 같았어
거리에서 주머니라도 뒤집어본다

밤에, 거리에 서서 주머니를 뒤집어 자기 손톱을 주워 먹는 사람을 바라본다
낮에, 다른 맨발의 새들이 다가와 그를 둘러싸고 모여 밟기 시작했다

더러븐 새끼!
흉한 놈!

자기 손톱을 먹으면 두들겨 맞는 저 질서에서 보
자면
　나는 아주 불경스러운 불운에 불과하다

　낮에, 내가 모은 돌에 첨예한 주머니가 생기는 밤
이다

　심야에도 이 혀를 탈옥할 수가 없다

　밤에, 돌을 주우면 이상한 시집의 자연사를 읽고
　낮에, 돌을 주우면 이상한 날에 추웠던 습곡을 생
각한다

분홍 주의보

자다가 깨어나 몸에서 악취가 나는 것 같아
자주 찬물에 샤워를 한다
침팬지가 이빨을 드러내 보이며 웃고 있는 것은
공포를 표현하는 것이라는데
술자리에서 돌아오는 날이면 늘 그 말이 생각난다
그런 날 나는 너무 자주 웃었거나
화장실에서 오줌 누고 돌아온 후
방금 자지를 주물럭거렸던 손으로
여자의 두 손을 꼭 잡고 인생을 이야기하는 꼬락서
니다

마침내 복서의 입에서 마우스피스가 툭 떨어진다
하—

그보다 마일드한 담배.

끝까지 가보지 않아도 좋았을
지루한 12라운드를 다 지켜본 기분이랄까

심판이 승자의 팔을 번쩍 들어 올려주지 않고 다가
가서 선수의 눈물을 닦아주었다
"자넨 자네 삶과 밀월을 즐기는 것 같군그래."
챔피언이 그를 보며 침팬지처럼 헐떡거려준다
그런 그로테스크한 직무 유기가 있나
관중들의 유미주의가 술잔을 내던졌다

저녁에 찾아오는 술자리
루브르 박물관이 있는 자리는 원래 늑대 사냥터였
다고 하는데

독수리가 이유 없이 양봉을 습격했다는 다큐가 자
꾸 떠오른다

어느 날 우리는 우는 일밖에 없는 것인데
―빨간 뼈

고비의 아이들이 네 살이 되기 전에 옹알옹알거리
는 것은
　전생을 기억하고 우는 것이라는데 그 울음들이 밤
새도록 천막을 건너온다

이 세상에 사람으로 진하게 흘러나와서, 사람으로
연하게 버티는 일은 우는 일밖에 없는 것인데
　전생에 한 번은 이곳에 와서 사람들은
　아무도 모르게 조금씩 자신의 전생을 울고 갔는지
모른다

사람이 지금 우는 일은 자신의 전생을 기억하고 우
는 것이 아니라,
　그 시간들을 기억해내지 못하기 때문에 지금, 우는
것일지 모른다

　'울음'은 어쩌면 자신의 '전생' 그 자체일지 모른
다는 생각,

몸을 건너가고 있는 마른 울음은 풍경에 살이 다 마르고 난
빨간 뼈들을 한 번 더 태워주는 무덤 같은 거

이번에 짐승으로 와서 무덤을 갖는 일은 모자란 울음으로 식물의 천막을 갖는 일
지평선이 비늘을 남겨두고 땅속을 떠간다
땅속을 기면 언제나 노을은 그곳에 감추어둔 입술처럼 벌어져 있다

게르
게르게르
게르게르게르게르
게르게르게르게르게르게르
게르게르게르게르게르게르게르게르게르게르
게르게르게르게르게르게르게르게르게르게르게르게르

그러나 또, 자신도 모르게 울고 가는 삶이라는 것이 있다

어그야 혹은 파롤
—작곡가 신나라에게

항해 중인 어두운 배 밑으로 몰래 출렁출렁 따라온 탈처럼
그가 이 악보를 주며 말했다.
"착상시킬 것. 그리고 아무것도 떠나지 마라."

한 사제가 악기 하나를 동굴로 들고 왔다
그는 악기를 연주한 후
동굴의 흐르는 물에 악기를 씻었다

악기 속에서 무언가 떨고 있는 소리가 들렸다

사제는 악기를 동굴의 바닥에 내려놓은 후
동굴을 빠져나왔다 이윽고
동굴의 벽에서 기어 내려온
뱀 한 마리 악기 속으로 스르르 기어 들어갔다
악기 속엔 사람이 하나
웅크리고 누워 있었다
뱀의 목을 뜯어 먹고 미덕을 지니고 있었다
뱀의 몸을 다 뜯어 먹고
그는 천천히 발음했다

나는 음표는 몰라도 쉼표는 다른 피아니스트들보

다 더 잘 연주한다*

　그는 푸른 음문이 새겨진 자신의 피부를 곡예하고
있다

　　* 아르투르 슈나벨Artur Schnabel.

피아노가 된 나무 2
──이영주 시인에게

엄지

아모레스 페로스, 너의 아름다운 짝짝이 슬리퍼를
신고 네 방에서 몰래 피아노를 친다
방문을 몰래 열고 들어와 네 극지에 핀 파충류를
보러 왔다 마라
오늘은 녹색 건반들의 반짝임, 내일은 음의 첨벙에
서 아물자
나의 건반 속엔 정교한 물고기들이 둥둥 떠다닌다
눈을 뒤집고

검지

건반을 누르면
검은 대륙이 흰 대륙으로 흘러오고
너의 흰 대륙이 나의 검은 대륙으로 넘친다
오늘은 이론을 주장하기보다는 유리가 된 손가락
을 펴보는 일
남자는 페달을 밟고 있고 여자는 그 남자의 발등
위에 두 발을 올려놓는다

중지

동굴을 발견하고 포크레인으로 떠서 배에 싣고 오
는 학자가 있었다
선실에서 피아노를 치며 그는 흐뭇해한다
저 동굴 속엔 가장 영리하게 적응해온 녹조류들이
살 거야
이것은 위조인 것으로 밝혀질 아름다운 지질
오늘은 네 악보에 알 수 없는 백만 개의 지층이 생
겨도 좋다

약지

여자가 개화식물처럼 몸을 구부리자
남자가 물방울처럼 굴러 그녀에게 스몄다
손톱은 낙하한다
건반은 번식한다
둥둥
입영 중인 너의 손가락들

손바닥

피아노는 혈관이 파래진다

남자가 피아노를 보라색 수증기라 불렀을 때

여자는 피아노를 달이 가진 적 없는 색으로 덮었다

로켓 속의 물결처럼

잇몸의 재료로 해변이 바뀔 때

피아노야 그대의 입술 속으로 들어가

밤마다 그대의 몸에 천 개의 천문대로 떠올라라

릴리 슈슈의 모든 곳 1

에테르 입장

그 자연주의자의 노트에선 늘 푸른 눈이 내리고 있지
나는 늘 뇌관이 아니라 물관이어야 한다고 생각해
이것은 내 폐 속에 살고 있는 아주 오래된 인어의
멀미에 관한 이야기

ID   비둘기우유:
나는 아무래도 아무 데로나 갈 것 같다

알 수 없는 아이디:
휘발……

ID   미스터미미:
아무개가 말한 대로 그녀와 나는 지우개 가루를 모
으는 명(命)

ID   스왈로우테일버터플라이:
그녀의 이름은 에테르

ID　**고래가사는어항**:

에테르를 향해 우리는 팡파르를 만들지는 않는다

ID　**붉은백합**:

우연히 발견한 찢겨져 나간 연애편지의 뒷부분을
다시 써보는 심정으로

ID　**적적해서그런지**:

기분 전환을 위해 기적이라도 필요해

ID　**은하해방전선**:

선착장에 모여 서로 안대를 씌운 후 요트로 바다를
떠다니는 모임이 있다는데

ID　**불나방스타소세지클럽**:

그녀의 이름은 신데렐라88 나는 그녀를 암스테르
담에서 처음 보았어

ID 키싸스키싸스:

그녀는 발끝을 세운 토슈즈처럼, 톡톡톡 횡경막을
뛰어다니지

ID 고래를기르는어항:

그녀를 알게 된 오늘, 비포 선라이즈에서 비포 선
셋까지 살고 있다

그녀를 알게 된 오늘 비포 선라이즈에서 비포 선셋
까지 살고 있다

ID 소규모아카시아밴드:

신데렐라88을 알게 되면 냉장고를 열 때마다 사막
이 펼쳐진다고 해
십일월엔 노란 튤립을 토하면서 시를 쓰거나……

아이디 에곤실레님이 등장하셨습니다

ID 에곤실레:

에고 실레

ID   **바다속피아노:**
어서 오세요
내가 기억하는 존 업다이크 소설 제목은 '내 얼굴
을 찾으러.' 내가 기억하는 그녀의 음악은 '우리 얼
굴 찾으러 갈래?'

ID   **토니타키타니:**
그녀는 이끼들의 세계사를 알고 있어

ID   **에곤실레:**
신데렐라88? 아니면 에테르?

ID   **토니타키타니:**
둘 다

ID   **워터멜로우:**
이끼로 뒤덮인 채 날아가는 새를 본 적이 있어

ID   **목잘린종이인형:**
이끼는 가까이서 보면…… 전혀 다르지

ID   **워터멜로우:**
그녀를 안다는 건 이끼로 두 눈을 적시면서 자는
일……
그런 밤엔 인간은 유령이 들고 있는 인형 같은 거
겠군

ID   **밤의사육장:**
그러니까 인간은 인형이 들고 있는 유령이거
나……

ID   **고래를기르는어항:**
에테르……

ID   **대립을초월하기위해:**
곧 세우마 금순아
양화대교 아래서 나는 그녀와 함께 자주 서 있지

ID **물뽕:**
와우 그녀는 OUR의 분비물

에테르님 등장
모두 침묵

ID **에테르:**
필름이 수해를 입었다는 소리를 들어보셨나요?

필름이 물에 잠겨 있으면 상(像)이 다 벗겨져 나
가죠
필름 속에 살았던 시간과 공간과 사물은 다 물에
떠 죽는 거죠
필름으로 빛이 들어가면 흡혈귀처럼 시간들은 부
서지지만
필름에 물이 차오르면 그 안에 채집해두었던 빛들
은 모두 익사를 하는 거예요
그런 밤엔 카메라가 공룡처럼 필름을 뜯어 먹는 꿈
을 꾸어요
필름은 피를 질질 흘리며 죽어가죠

사진을 더 이상 찍기도 찍히기도 싫어진 건
에테르와 나눈 추억이 모두 수해를 입었기 때문이
에요
나는 그녀와 함께 있는 그 사진들 속에서 익사했거
든요

사진 첨부 *JPG*

***ID* 고래를기르는어항:**
난 아무것도 안 보이는데

***ID* 바다속피아노:**
구름의 상류부터 하류까지 다 모여 있어

***ID* 에테르:**
난 여기서 숨이 막혔어요

***ID* 워터멜로우:**
당신 안에 있는 지중해인가요?

ID   **토니타키타니:**
저건 에테르의 폐활량이야

ID   **에곤실레:**
젠장 캄캄하다구

에테르가 당신을 초대하고 있습니다
수락하시겠습니까

수락

수락

수락

에테르 무대 뒤로
퇴장
잠시 후
서서히……
암전

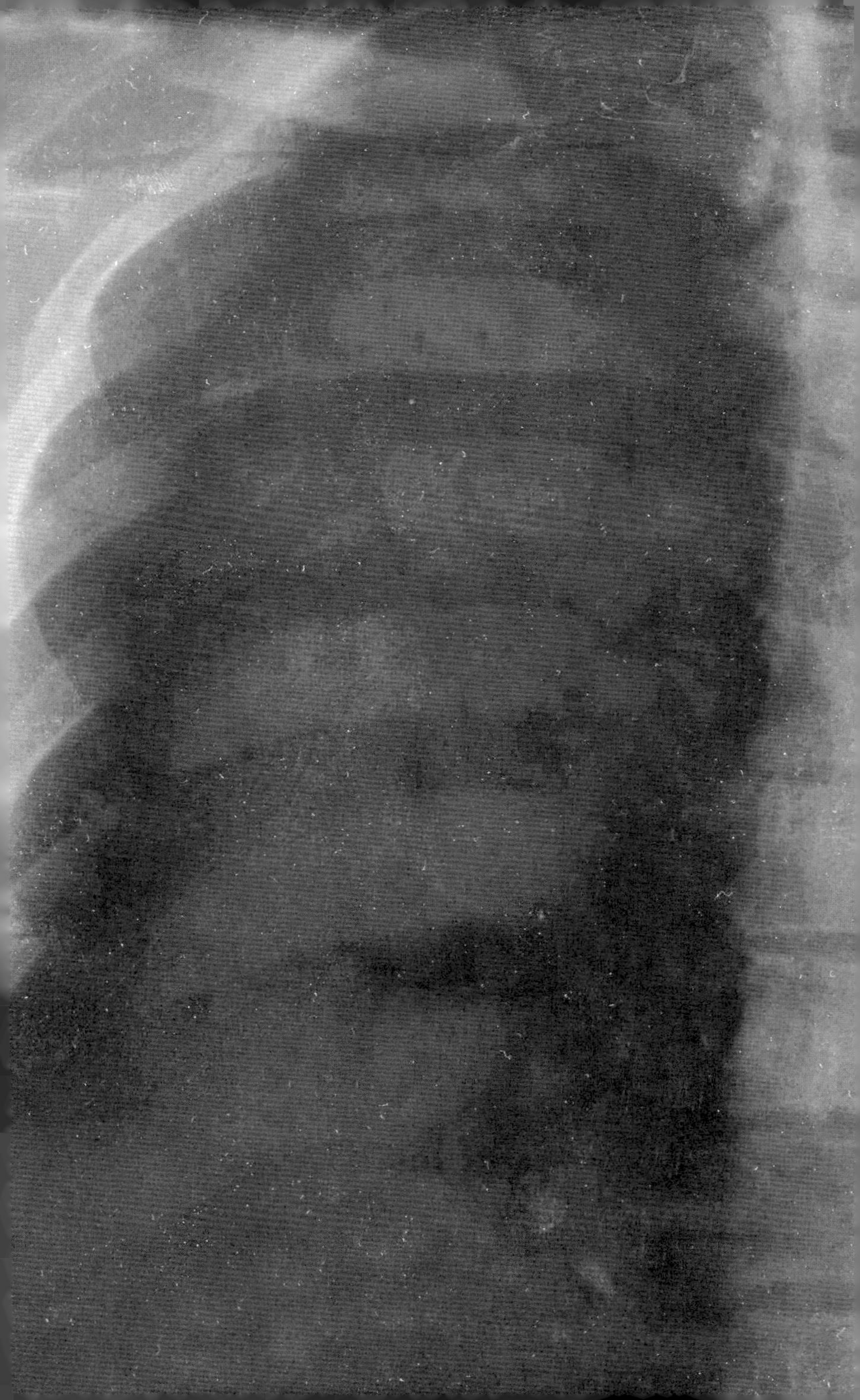

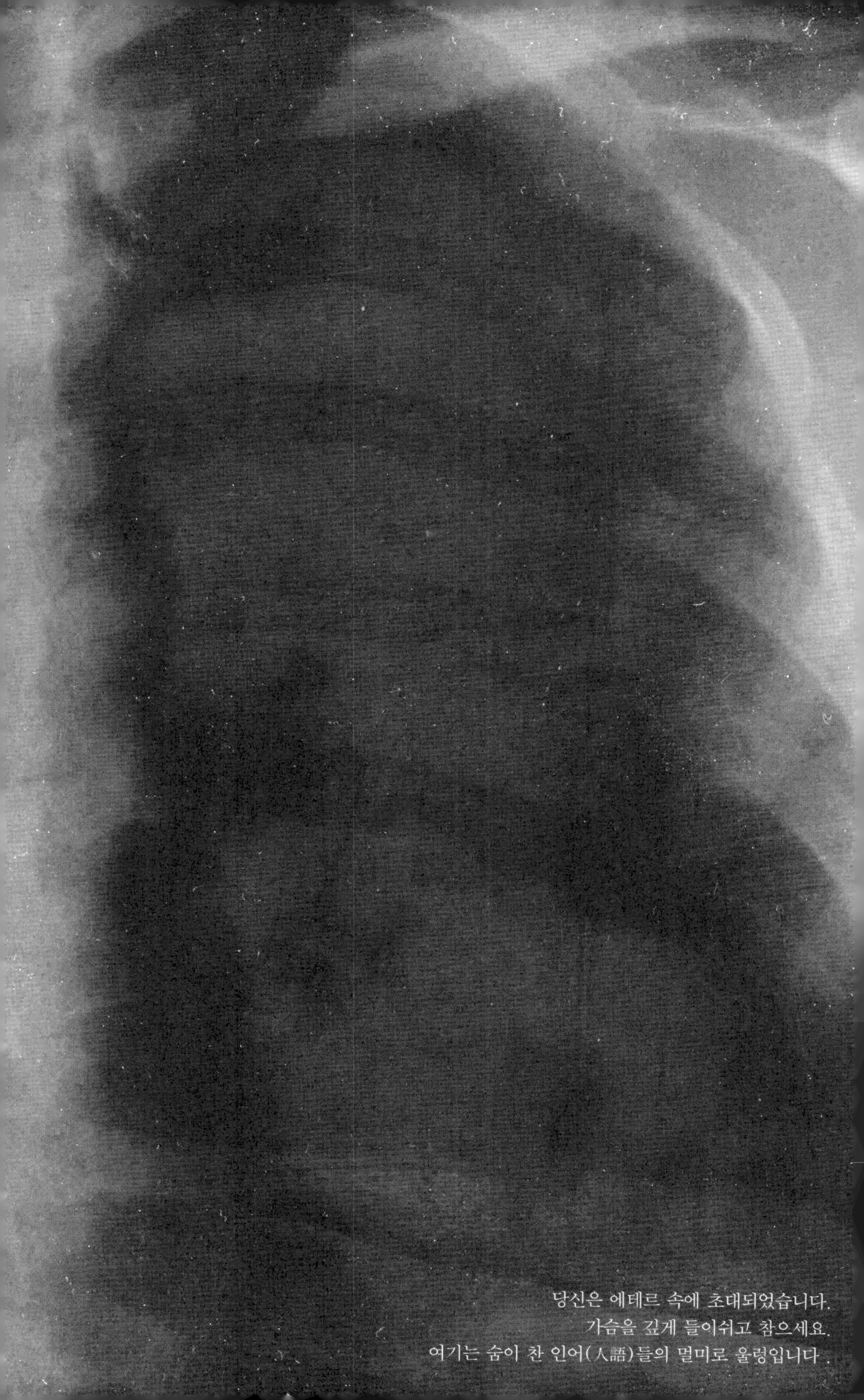

당신은 에테르 속에 초대되었습니다
여기는 숨이 찬 인어(人語)들의 멀미로 울렁입니다

당신은 에테르 속에 초대되었습니다.
가슴을 깊게 들이쉬고 참으세요.
여기는 숨이 찬 인어(人語)들의 멀미로 울렁입니다

쇄골이 닮은 가계(家系)
—여섯 개의 종

이제부터 내가 쓸 소설(小說)은 이야기를 써내려
가면서 동시에 이야기의 끝을 지워가는 거야 아직은
만지지 마 지금은 구름이 지저분한 물을 흘리는 시간
이니까 종(鍾) 속으로 들어간 구름은 물에서 실패한
자들이 육(肉)에서 떨고 있는 쪽으로, 종 밖으로 나
온 구름은 흐르는 면에서 누운 선으로

구름이 지저분한 물을 흘리면 폴라로이드는 노을
과 종에 물기를 많이 담을 수 있어 좋았다 나는 그곳
을 각오하고 지나간다

멀리서 바라보면 기다리는 자들의 눈동자로 어두
운 골목의 환충이 환하게 울렁이던 밤, 우리는 촛농
을 향해 소리 질렀고 매일 밤 아무도 살지 않는 종 속
으로 들어가 흔들린다

우리는 모두 그곳에서 서로의 일기를 대신 써주었
어 잠은 몸속의 저수지들이 제 수위를 흔드는 것에

불과해 시간이 되면 우리는 그곳으로 내려가 가라앉
힌 종을 꺼내들고 어두운 비둘기처럼 절뚝거려야 해
우리는 모두 한 번씩은 그 방에서 돌아누우며 쇄골에
고인 물을 반대쪽으로 흘려주곤 했지

아비가 입선하지 못한 그림 중 하나는 임신 중(姙
娠中)이던 신의 배에서 들리던 종소리를 그렸던 일이
다 한 골목과 한 고압선(高壓線)에 연결된 종이 당신
의 몸을 건너가고 있다는 걸 알아 지금은 구름이 지
저분한 물을 흘리는 시간이니까

어미가 여행을 시작하면 네 몸속에 불을 다 꺼놓고
돌아올 거야 넌 모를 거다 지평선 아래서 마른 물고
기로 식사를 하는 동안 우리의 식탁은 소설(小雪)에
물들고 식탁이 젖는 동안 우리는 종이 위에 입술을
그리고 종소리를 꺼낸다

제3막 활공하는 구멍

기록의 활공을 경험한 나의 혀, 매가 활공한다

꾸꾸루꾸 꾸꾸꾸 꾸꾸루꾸 꾸꾸꾸
── 엘도라도

새들아 나의 해발에 와서 놀다 가거라 늑골 속에 머무는 해발에 목마른 나의 불들이 누워 잔다 성에들이 망령의 한 행을 내려온다 나의 늑골 속 해발에 머물고 있는 망령에 추위가 내려온다 새들아 내 망령에 너의 해발을 데려와다오 미친 새들의 눈에 머무는 중천에 머리털 달린 내 해를 띄워다오 나의 해발에 새들이 놀러 오면 나는 이 길고 검은 하수관을 들고 대도시를 달리겠다 나의 상위개념은 새의 색계(色界), 기민한 짐승이 병에 갇혀 꾸꾸루꾸 꾸꾸루꾸 주워 먹고 뭉친 개털이며 닭털이며 머리털을 토한다 어떤 수증기나 증발로도 발견된 적 없는 기슭에 우선 나는 '명작'과 '연대'를 은신시켰다 지혈이 안 되는 세계 속에서 해가 검은 탈수를 시작한다 천둥을 실은 꽃이 혀를 빼놓고 죽었다 개처럼 떠난 편지들이 세상 위로 익사했다 나의 해발에 놀러 온 수천 개의 혀들이 착시를 완성한다 망령이여 새들이 태어난 마을을 내 해발 위에 데려오라 따라서 이렇게 말할 수 있게 되었다 '기록의 활공'을 경험한 나의 혀, 허(虛)가 거울 속에서 향수병을 앓는다

추상에 대한 명상

원은 시각화된 추상이다

— 러셀 셔먼

꽃이 새끼를 낳고 있다

떠도는 향기
향기의 추상을 견디는 허공에 동의한다

허공의 생식력에 관해서

기록이 식물처럼 *자라던* 시절이 있다

꽃으로부터 태어난 **추상**에

인간은 자신의 입 안에 살고 있는
뱀을 바치고
발톱이 아무도 모르게 조금씩 *자라*는 저녁

인간은
붉고 희미한 피를 모으다 가는 별이 되었다

꽃이 *새*끼를 공중에 버린다

추상의 시절을 견디기 위해 허공은

자신의 천성을
우리가 모르는 별 속에 돌리고 있다

물새의 초경

버려진 등대에 살고 있는
개가 상공을 바라본다

해발 몇천 미터 상공에서
초경(初經)을 시작하는 물새

가장 높은 안개에 자신의 위도를 세우고
몸의 물관들을 바깥에 모두 열어놓았다
그것은 눈부신 문자의 활공 같은 것

나는 해변으로 가는 버스를 탔다

수첩 속 짐승들을 몰고 와
나무로 빚은 술을 마신다

나무들이 물관을 들어 올리며
흰 김을 피워 올린다
물관 속에서 새들이 푸르르 날아오른다

비밀이 많은 나무로 빚은 술은
물관의 냄새부터 치밀어 오른다

물새의 하루는 그 물관의 바깥이었다
아내(我內)를 가지지 않을 것이다

한 그루의 나무속에도 수세기의 수풀이 엉켜 있다

알겠다 연필 속에서 물새들이 활공하는 소리,
들린다

사랑해야 하는 딸들*

그것을 속기(速記)하는 동안 겨울이 왔다. 아홉 마리의 늑대를 허공으로 돌려보냈다. 조금씩 눈이 멀었다. 눈이 멀어서 파란 고양이와 동그라미를 자주 상상했다. 석간(夕刊)을 보다가 천오백 년 된 그녀의 머리칼을 발견했다. 천장을 열고 차가운 나방을 손바닥에 앉혔다. 나방 속을 떠다니는 얼음들이 연필심 속으로 무너져 내렸다. 두 개의 머리를 가진 새들의 무덤을 생각해 나는 천오백 년 동안 그녀의 머리칼을 꾹 삼키고 있었을 거미의 결핵을 캄캄한 단어에 이식하다 잠들었다. '태양까지 올라오는 밤을 타고 온 새들은 머지않아 눈이 된다' 나는 내 문장을 삶에 인용하다가 충격하는 힘이 있다. 친가(親家)에선 괜찮다며 곤충의 방언을 요령처럼 입속에 넣어주었다. 나는 다시 '발목'이라는 시를 천천히 생각하고 있었다. 내가 기억하는 그녀의 발목은 파란 고양이나 파란 동그라미에 가까웠다. 그런데 천오백 년 된 그녀의 발목은 어디로 갔을까? 유빙 안에서 떠다닐 발목의 분속(分速)을 생각하다가 필자는 어떤 문맥으로 요양을 가야 하는 것일까 생각했다. 필자의 무덤을 상상하면

삶은 부사처럼 어디든 붙어먹었다. 거짓을 생각하면 눈 속의 고양이가 파랗게 울었다. "고양이라서 다행이야"라고 속삭이면 문장들의 일식이 찾아왔다. 구름 속의 허공이 감정의 방위 위로 내려왔다. 나는 육방(肉方)을 막고 문장 속에서 아흔아홉번째 털갈이를 시작했다. '무대륙'이라는 카페에 앉아 있는데 며칠 동안 고양이들이 다가와 눈 안의 파란 형용사를 핥아주었다. 나는 손등으로 계기의 관절을 쓰다듬어주고 그것들을 내 마음까지 바래다주고 싶었다. 드디어 눈이 멀었다. 유리 가루를 씹으며 누워 있는 벌레들의 눈부신 휴식. 주택을 비운 철자들이 필자를 데리러 자꾸 찾아왔다. '그녀의 발목은 내 몸에서 조금씩 흘러나온 유빙이다' 깨어나서 나는 이 문장을 차려입고 '손톱 속에 얼어붙은 해변'을 문장에 엎질렀다. '당신 없이 잠드는 이야기다**'라고 속기했다. 겨울은 시집처럼 얇아서 피의 봉합선을 훨훨 벗어나게 되었다.

* 요시나가 후미의 만화 제목.
** 자크 스테른베르그의 콩트와 단편들을 묶은 모음집 제목.

내시경(內視鏡)

불에 탄 채 떨어지고 있는 낙하산

들

거울 속에서 흘러나오는

골짜기

위액을 토하는 연필

0에서 시작되는

갈매기

0과 1 사이 수많은

금(琴)

내가 너를 찾아내는

배열들

무덤은 구멍이 아니다
구멍이 무덤이 아니듯

붉은 행성의 석간이 노란 조간에 들어온다

그리고
다락

저수지

그림자가 툭! 떨어진다
그림자 안의 강우량, 그건 삶이다
그림자가 내 삶 밖에서 묵고 있다
그건 저수지다
그림자 속으로
내시경을 내려보내고 싶다
그림자는 무게는 없지만
그림자 위에 그림자 한 벌
그림자와 분가한 삶
그림자는 나로 인해 분발해야 한다
그림자의 내각에서 나는 그림자의 민속이었다
그림자의 계절에
꽃은 어디서 피어야 하나
그림자가 자기 삶을 문병 올 때
꽃은 저수지에서 핀다
꽃은 내각이다
그림자의 사택에서 나는 별을 달았다
시는?

그림자 없는 별들이 투숙하는 인가(人家)
즈음
……

그림자를 핥고 있는 티베트의 승려!
그림자를 칼로 내려치는 무녀!
그림자를 업신여기는 정신!
그림자는 나의 외가였다
그림자는 말술 먹고 지금 위독하다
그림자는
피곤하면 이제
옷 벗고 그림자로 들어가야 할 일이다
그림자의 연안에서 살자면
그건 울어야 할 일도 아니고
외박(外舶)에 다름 아니다

구멍

구멍을 닦아낸다
구멍이 알을 낳는다
구멍을 갖고 싶어
책을 몇 권 냈다
구멍은 오늘 아무 일도 없다
구멍이 다해 연민도 위기다
구멍을 제치면서 계단을 뛰어 내려갔다
구멍은 안방의 생명체
구멍을 내려다보고 있으면 물체를 미는 시간
변기가 위아래로 다 받아들여야 하는 구멍
어떤 색이냐고 묻는 구멍도 있다
구멍의 주위는 수상하게 말라간다
구멍을 피해 피는 꽃은 눈물겹다
구멍은 오늘 있는 힘을 다해 깊이보다 거리를 인정
한다
구멍 속에 표류하는 구멍
구멍 속에 아픈 곳은 정말 없는데
구멍만 아픈 눈치다

구멍아 날 살려라 파도가 피를 질질 흘리며 하늘로
걸어간다
구멍이 공중에 떠 있다
공중에 떠 있는 구멍이라는
생명체, 속에 단 한 줄로 된 눈사람 보인다
구멍
구멍이 사라지는 도시
구멍이 벵자멩 페레의 시처럼 안 읽히고 있는 시대
구멍의 출몰을 두려워하는 시대는 갔다
구멍을 막는 꽃은 일찍 죽는다
있는 힘을 다해 구멍
구멍을 찾아가는 문장
구멍을 진술하는 문장
구멍을 빼먹는 문장
나는 구멍의 중상
구멍 속에서 무엇인가를 떠 마신다
구멍을 떠나온 후 구멍을 믿지 못한다
구멍을 믿지 못해서 구멍을 떠난 구멍의 진화?

그런 게 있다면 나는 이미 망한 생이다
구멍 속에 눈을 내려보낸다
눈으로 구멍을 내려보낸다
우물처럼,
구멍을 깨고 나온 사방(四方)
지금 어디 사는데?

입속의 성(城)에서 그가 어두운 거실을 왔다 갔다 한다

그런 이야기를 들은 적이 있다
　사체처럼 쓸쓸해지자 누군가 수면으로 떠올랐다는

물이 산란하는 계절이다
　노을의 수온 속에서 뼈 없이 태어나는 새가 있고
　죽은 자들의 입속으로 넘어오는 뼈는 흰 새가
　　된다

물 바깥으로 그가 불쑥 떠오른다

시인(1)이 검고 마른 성기를 꺼내놓고 불 주위를
　돌기 시작한다
　불 속에서 튀어나온 갈매기들이 가랑이를 벌
　리고 날아다닌다

(시인의 말)
　물속 바닥에서 천천히 새어 나오고 있는
　이 바람은 구형(求刑)을 살고 온 것들이야

해저는 해안과 영영 만날 수 없어

런던에서는 죽은 태아의 몸에 있는 물 같은 시만
읽었어

(멀리 바다를 바라보며)
해변으로 죽은 쥐 떼가 떠내려 오는군
어부들이 그물로 건져 올린 쥐들의 귀를 잘라
먹었어

(잠시 서성거린다)
구름은 배면(背面)을 가지고 있지 않다
꽃은 뼈들을 열거하고 죽지 않는다
불빛의 육(肉)은 시간,

물에서 걸어 나온 그가 성으로 걸어 들어간다
성은 물속처럼 차가운 수백 개의 방을 가지고

있다
달이 물고기의 울음으로 가득 찰 때
목 속에 갇혀 누워 있던 그가
　문득 눈을 뜨면 성은 그의 것이 된다

그는 망토를 입고 어두운 성의 거실을 왔다 갔다
　한다

(시인의 말)(입 안으로 손가락을 집어넣으며)
성은 (외부가 아닌) 내부부터 천천히 무너진다……

그는 의자에 앉아 입을 커다랗게 벌린다
　입 안에 가득한 뼈들
　　입 안의 성이 무너지고 있는 것이다

우리들의 변성기

혁명가들은 모두 여기서 기록으로 떠났다 기록이 어디인지
알 수 없었으나 그곳은 당과(糖菓)로 기어가는 벌레들이 자라지 않는 곳이라 했다

안개꽃이 들어 올리는 새벽의 맨발 냄새를 기억하며 나는 사람들에게 기록이 있는 곳을 묻는다
기록이 사는 곳엔 몇 가지 혈청이 몰래 운반된다고 했다

사람들은 다투어서 짐을 싸고 기록으로 떠난다 기록이 어디인지 모르고
움직이는 기록이 있고 기록을 묻기 위해 모래시계 속 새벽으로 간다고 하는 자도 있다

기록에 관해 우리가 이야기할 수 있는 것은 기록은 하등 세계의 수조이거나
옆길로 새버린 물고기, 침니를 가득 머금고 일시적

으로 급류로 흘러버린
　동물의 기름기, 진흙층을 파헤치는 입가의 촉수거나
　패턴과 왜곡의 친화, 종잡을 수 없는 지혜의 변덕
　그러고 나면 언젠간 다시 '장난감 자동차에 여행
가방을 넣고 식탁 밑으로 떠난*'
　여행이 보인다는 것이다

　기록으로 가면 몇 달 후 콧속이 붉은 아이를 업고
나타날 수도 있어
　기록으로 가면 우린 은밀한 윤곽을 나누어 가지고
살 수도 있지

　나의 기록은 고아들의 무덤이 있는 곳에 와 있다
　그대가 이해할 수 없는 탈골,
　밤마다 그곳으로 불어오는 식물원
　기록은 흔들리고 살기에 참 좋은 무덤이다

* 어니스 모쥬가니의 시 중에서.

곤조 GONJO (No. 5)

8mm MONO film

—매는 새끼를 낳자마자 가장 먼저 자신의 발톱을 먹
인다 날개를 더 이상 파닥,거리지 않고 날 수 있는
활공을 익힐 때 매는 배 속의 그 발톱을 기억한다

여기는 장롱 안이다. 나는 장롱에 갇히자마자 지구에서
내가 몇 번째로 장롱 안에 갇힌 사람일지 궁금했다. 그건
아직까지 자신의 어머니를 좋아하지 않는 이유를 대라고
할 때 어린 시절 자전거를 사주기 않았기 때문이라고 대답
하는 자들처럼 문득, 떠오르는 생각이었다. 누가 왜 나를
장롱에 가두었을까? 서두르지 말자. 나는 생각보다 아주
차분하고 생각만큼 이곳은 캄캄하다. 이건 이제부터 당신
과 내가 시작해야 하는 종이컵 통신이다.

튜닝

튜닝

어린 시절부터 내 소원 중 가장 야심적인 것이라 할 만한
건 단연 지구를 떠나보는 것이었다. 기억이 정확하다면 어
린 시절 이런 티브이 프로그램이 있었다. 사회자 역할을 꽤
오랫동안 도맡아온 배추머리의 한 개그맨이 있었고 그는

나오는 패널들에게 방송 중 진지하지 않는 주제를 아주 진지하게 떠들어대거나 아주 진지한 이야기를 엉뚱한 소리로 해대면 '지구를 떠나거라~'라고 말한 후 밖으로 쫓아버렸다. 그가 선언했던 그 말은 동네에 대유행이 되었다. 아버지가 밥상에서 자주 어머니에게 숟가락을 밥상에 탁! 놓으며 했던 말이기도 했고, 어머니 또한 취해서 잠든 아버지의 얼굴을 베개로 누르면서 지구를 떠나거라! 라고 하셨다. 학급문고를 자기 댁으로 가져가서 제 기간에 책을 반납하지 않는 선생님께 내가 손가락질을 하면서 했던 말이기도 했다. 물론 담임선생 역시 내가 자기 빤쓰 색깔을 친구들에게 소문냈다고 입에 걸레를 물리고 벌을 세운 후 내게 했던 말이기도 했다. 아직까지 내가 왜 그 일로 하교하는 길에 수위 아저씨에게 슬리퍼로 뺨을 맞아야 했는지는 잘 모르겠다. 결국 우린 지금까지 아무도 지구를 떠나지 못했지만, 지구를 떠난다는 것이 꼭 우주에 닿는 일만은 아니라는 것을 그때 알게 되었다. 사람들도 여전히 지구를 떠나보는 소원을 최고 우수한 자기 소망 목록에 두지 않는가. 하지만 나는 대체로 만화책을 백만 권 읽는 것이 차라리 빨리 자신의 우주에 닿을 수 있다는 결론을 믿는 사람이다. 지구를 떠나는 것과 우주에 닿는 일은 다르니까. 나는 언제나 핫도그보다 핫도그 안의 소시지 크기가 더 중요했으니까. 물론이 말은 순전히 우연히 생각난 말이다.

나는 점점 지구를 떠나는 일은 체념하게 되었고 대신 우주를 관측해보기로 마음먹었다. 내가 생각해낸 건 일단 천체망원경을 갖는 것이었다. 나는 결국 몇 년 동안 기른 돼지를 잡았다. 천체망원경 살 돈이 필요했던 것이다. 돼지는 붉은 살이 꽤 올라 있었다. 비키니 옷장 깊은 곳에서 마당으로 끌려 나온 돼지는 발악했다. 칼날을 보자 돼지는 사지와 입을 모두 벌리고 덜덜 떨었다. 발버둥치는 네다리를 결박한 후 내장을 털었다. 돼지는 배가 논두렁처럼 갈라진 채 마당에 가죽만 남은 상태로 버려졌다. 돼지는 내가 동전을 품에 가득 안고 방으로 들어오자, 자신도 찢어진 몸을 일으키고 신음을 하며 방까지 기어왔다. 서랍에서 청테이프를 꺼내더니 갈라진 배를 움켜잡고 책상으로 기어 올라갔다. 그러고는 누워서 입으로 테이프를 쭉쭉 뜯어 자신의 갈라진 배를 이어 붙이는 것이었다. 신음을 내며 돼지는 허망하다는 듯 중얼거렸다. "늘 경계하고 있었는데 만화책을 보고 있다가 당해버릴 줄이야."

천체망원경은 값이 상당했다. 내가 원하는 성능은 적어도 전방 200미터 앞에 놓인 야쿠르트의 상한 상태까지 정확히 파악할 수 있는 것이어야 했다. 만일 내가 별들을 관측하다가 우연히 어떤 별의 구멍 하나를 발견한다면 그 구멍을 줌으로 당겨서 아주 크게 볼 수 있는 확대 성능이 꼭 장착되어 있기를 바랐다. 구멍은 소유하는 것이 아니라, 그 속을 완전히 파악할 수 있을 때 가장 흥분되는 것이 아닐까? 우연히라도 나만 알고 있는 별 속의 구멍을 발견할 수 있다면…… 그건 저 멀리 있는 별을 관측하고 새로운 별을 발견하는 일보다 훨씬 근사할 것 같았다. 그 구멍으로 들어가볼 수 없어 가혹할 테지만, 내 눈은 손가락이 되어 그것들을 쑥쑥 건드리고 싶어 안달이 날 지경일 것이다.

망원경 숍의 쇼윈도 앞에서 진열된 천체망원경들을 보면서 나는 중얼거렸다. "널 타고 이제부터 전혀 다른 행성을 관찰하려고 말이지." 나는 정말이지 어린 시절 은하철도 999를 본 이후 은하철도 공무원이 되려고 많은 노력을 기울였다. 생각해보면 지금까지 필기시험 공부는 그럭저럭 한 편인데 실기에 있어서는 아직도 감이 전혀 없으니 내겐 '놈'이 꼭 필요했다. 입속에 넣고 있던 엄지손가락을 빼고 나는 천체망원경을 처음으로 만져보았다.

나에겐 망원경보다 더 일찍 현미경을 사서 미생물을 연구하는 친구가 하나 있다. 난 가끔 밤에 창턱에 앉아 발톱을 깎다가 그 친구의 근황이 궁금해지곤 하는데 심야에 통화를 하기엔 녀석의 목소리는 꽤나 매력적이다. 녀석은 말더듬이로 자랐다. 사람들은 그를 답답해했다. 하지만 내겐 심야에 그것이 아주 친근한 속도로 오는 소리라서 이쪽에서 수화기로 그가 더듬으며 찾아가는 말의 운행을 가만히 기다리는 것이 좋다. 나는 그를 따라 이상한 구멍으로 들어가서 현미경으로도 별을 관찰할 수 있다는 사실을 처음 배웠다. 그가 이 세상을 그렇게 사는지는 잘 모르겠지만.

녀석은 나보다 더 자주 어항에 커플링을 버리고 사는 눈치다. 나는 대학 시절 몇 번인가 녀석에게 소개팅을 해주었다. 하지만 녀석은 그때마다 이런 짓은 미생물보다 못하다고 해서 우린 자주 반목했다. 여하튼 현미경을 너무 들여다본 탓에 그의 눈이 남보다 일찍 나빠지고 있다는 사실은 내게 중요한 정보를 제공해준 셈이다. 친구를 보지 못한 지 꽤 되었는데 날 보면 못 알아볼까 봐 그땐 정말 귀여운 미생물처럼 굴어줘야지 생각한다. 그렇다 하더라도 내가 정말 만일 한쪽 눈을 꾹 감은 채, 무엇인가를 평생 뚫어지게 바라보는 일만 해야 한다면 나는 현미경이나 망원경을 보고 사는 일보다는 아마 윙크맨이 되었을 것이다. 윙크를 나는 너무 좋아하니까. 하지만 윙크를 해주면 먹이를 주는 곳은 없으니까. 윙크맨이라는 직업은 아직 지구에는 없으니까. 윙크를 아무 때나 원하는 곳에서 하게 되면 꼭 어딘가 구멍이 생기니까. 축구를 할 때 내가 제일 듣기 싫은 모욕이 '저 녀석이 바로 구멍이었군' 하는 소리니까. 두 눈 다

뜨거나, 두 눈 다 감고 윙크를 할 수는 없으니까. 윙크는 현미경이나 망원경처럼 관음의 밸런스보단 노출의 타이밍이다.

그래서 차라리 망원경을 택하기로 한 것이다. 가끔 나는 생각한다. 현미경으로 미생물을 보고 있는데 갑자기 녀석들이 입을 벌리고 말을 해버린다면 그것을 어떻게 숨길 것인가? 그 친구들이 내게 꼭 이렇게 말해버릴 것만 같다.
'야 내가 삥이치고 기어 다니니까 졸로 보여?'

나에겐 어린 시절부터 부동의 원칙이 하나 있다. 그것은 이것이다.

'빨래엔 피죤, 천체망원경엔 야광별.'

천체망원경으로 '야광별'을 관측하기로 마음먹은 건 면밀하고 창백한 계획이었다.
나는 항상 포스트잇에 그 말을 적어 냉장고에 붙여두었다. '일단은 천체망원경을 최고급 제품으로 구입한다. 그러곤 천장에 야광별을 촘촘하게 단다. 나는 야광, 별로…… 간다.'

나는 이런 문장을 노트에 자주 써놓곤 했다.

이상한 매를 맞고 눈에서 흘러나오는 빨래에 피죤을 부어주고 싶을 때에도 썼고 칠판에 나가 구구단을 멋대로 썼다고 뺨을 맞다가 옷에 똥을 싸버린 친구의 가방에도 하굣길에 몰래 넣어주었던 문장이다.

별은 쉽게 구할 수 있었다. 천체망원경을 구하는 일보다 별을 더 쉽게 구할 수 있다는 사실은 우리가 살면서 정말 받아들이기 어려운 진실이지만 나는 될 수 있는 대로 받아들이기 힘든 것을 더 신뢰하는 편이다. 야광별은 문방구에만 가면 많으니까. 그것도 불가능하다면 몰래 주머니에 조금씩 살짝 넣어오면 되니까. 물론 그것도 불가능하다면 별들을 스스로 배양하면 된다. 인간은 별을 자신의 인간계(人間界)에 배양할 수 있는 짐승이니까.

나는 수십 군데 문방구를 돌아다니며 여러 종류의 야광별을 가득 사왔다. 나는 별들을 신문지에 싸왔다. 지하철에 앉아서 신문지에 싸인 야광별을 틈 사이로 살짝 훔쳐보았다. 이상하게 눈물이 흘렀다. 방에 앉아 신문지 위에 별을 풀어놓고 나는 한참을 바라보았다. 그러곤 고개를 갸우뚱거렸다. 생각해보면 별모양이라는 것이 이렇게 다양하고 실제로 누구도 그 모양을 정확히 확신할 수 없는 것인데 왜 어린 시절 학용품 '자대' 속에 파진 별모양은 항상 하나였을까? 모양이야 어떻든 간에 ——나는 지금 신문 위에 별을 풀어놓고 있는 사람이다—— 미켈란젤로도 라파엘로도 레오나르도 다 빈치도 존 쿠삭도 '신문 속에 자기 별을 풀어'놓지는 못했다. 신문에 별이 실릴 수 없는 것이 아니라 내 별엔 신문이 오지 않는다. 그것은 수십 군데 문방구를 돌아다니며 야광별을 골라봐야 알게 되는 진실이다.

의자를 놓고 아이스크림을 입에 문 채 나는 하나씩 정성스럽게 천장에 야광별을 달았다. 그리고 내려와서 불을 껐다. 이것은 암 순응. 별이 빛나기를 기다리는 것이 아니라 별이 어둠의 수면으로 물고기처럼 떠오르기를 기다리는 시간, 별 속의 천체들이 내 방으로 쏟아지는 시간, 왜 진짜 별이 아니냐고? 친구야 이건 반칙이라 부를 수 없고 다만 존재하지 않는 룰일 뿐. 거의 내 암실에 순응이 되어가는데 밖으로 좀 나가주겠니?

야광별엔 빛을 가득 품고 있는 미생물이 숨을 쉬곤 했다. 아직 사람의 손이 닿지 않은 유두처럼 파랗게 반짝이며 맑은 현기증을 일으켰다. '친구가 이걸 보면 현미경으로 관찰해보고 싶을지 모를 텐데……' 문득 말더듬이 친구 생각이 났다. 자랑을 하려고 전화를 했는데 어머니가 받으셨다. 실험실에 불이 나서 화상을 입고 입원 중이라며 지금은 통화가 곤란하다고 하셨다. 친구는 오른쪽 얼굴과 목, 그리고 팔 쪽이 그을려서 미생물처럼 침대에 누워 입을 벌리고만 있다고 했다. '무엇을 관찰하다가 그렇게 된 거죠?' 나는 물었다. '아마 똥 속에 있던 벌레들이 언제 밖으로 나오나 기다리다가 그렇게 된 모양이더라. 똥 속에 사는 새로운 생물을 발견했다고 좋아했는데…… 드디어 그놈의 똥이 확 실험실에서 터져버린 거지' 전화를 끊고서 나는 천체망원경으로 야광별들을 들여다보았다. 설마 거기 불이 들어있는 건 아니겠지? 정말로 저 별들이 폭발하면 어떡하지?

몇 년 동안 야광별들을 관측했지만 다행히 폭발이나 화재는 나지 않았다. 야광별에 살고 있는 빛은 풍부했다. 각도와 거리를 잘 조절하면 아주 어두운 날엔 야광별에 살고 있는 식물도 많이 보였다. 짐승 같은 건 되도록 보고 싶지 않았다. 짐승을 삼키는 식물도 많이 보아왔지만.

'별을 노래하는 마음으로 모든 죽어가는 것을 청색 테이프로 붙여주어야지. 그리고 나는 나한테 주어진 길을 렌즈로 비추어 보겠다. 오늘 밤도 야광별이 바람에 스치운다.'

천체망원경을 가지고 놀다가 잠들면 내 눈동자는 연둣빛으로 물들어가는 것 같았다. 나는 지겨운 줄도 모르고 별들에게 내 안의 야광들을 속삭였다. 잠옷을 입고 천체망원경으로 야광별을 돌아다니기도 했고 비가 오면 우비를 챙겨 입고 발이 큰 구두를 신고 돌아다니다가 젖어서 금방 피곤해지곤 했다. 이상하게 쓸쓸한 날이면 저녁이 될 때까지 멀리 있는 별에 가서 구두를 닦기도 했는데 '만일 막차를 놓치면 여기서 구두에 윤을 내며 편지나 쓰자'고 중얼거린 적도 있다. 궤도를 이탈한 어떤 별은 바람이 불 때마다 샌드백처럼 흔들렸다. 내가 아는 속눈썹들로 별 전체를 뒤덮고 싶었지만 아름다워서 위험했다. 꿈에 자주, 별로, 검은 딸기처럼, 툭! 떨어지곤 했다. 지구로 돌아오지 못하는 날엔 시나 쓰면서 다른 별의 구조를 기다려야지. 일지를 기록하면서 나는 점점 이런 사실들을 알아가기도 했는데 별들은 별자리를 스스로 만들어가면서 침묵했다. 나는 별과 별 사이에 별자리가 있다는 사실도 알게 되었다. 별자리는 별들이 가지고 있는 속성이 아니라 사람들이 만드는 빛의 이름일 뿐이라는 사실도. 바닥을 가진 별은 자주 떨어지게 마련이다.

나는 누구에게도 천체망원경과 야광별의 관계와 간극을 알리지 않았다. 망원경이야 모두 자신도 하나씩은 가지고 있다고 생각하는 세상이고 야광별들이야 그보다 흔하게 생각하는 세계이니까, 굳이 거기까지 생각할 필요가 없었다. 나는 침대 밑에 렌즈와 몸체를 분리해서 천체망원경을 보관했다. 천체망원경 렌즈를 안고 자는 사람은 얼마나 될까? 탐 엔 탐스라는 친구에게 들려 레모네이드를 주문하고 기다리면서 나는 그런 생각을 했다. 그날 밤 나는 화상을 입은 친구에게 주려고 쓴 시인 「신데렐라가 계모에게 숨긴 악보」와 「피노키오가 고래 배 속으로 들어가서 만난 또 다른 피노키오」 그리고 「말 속에 살고 있는 인어 한 마리」를 장례시켰다. 입을 벌리고 병실에 누워서 하루 종일 허공이라는 미생물을 탐구하고 있을 녀석이 생각났기 때문이다. 친구의 몸에선 아직까지 평균온도보다 9도 이상의 온도가 다 빠져나가지 못한 채 천천히 식고 있다고 했다. 그것은 고통일까? 불안일까?

간혹 나는 자주 삵처럼 방 안을 어슬렁거리다가 야광별 뒤에 숨어 사는 짐승의 기분이 들기도 했다. 아모레스 페로스*라는 지역으로 가서 나쵸의 진실을 탐구하면서 여생을 보내고도 싶었다. 하지만 표정은 정전, 야광별은 새벽엔 초현실과 부조리를 구분하기 힘든 이미지를 갖고 있었고 아침엔 커트 보거네트의 『나라 없는 사람』에 등장하는 주인공 같았고 한낮엔 헤밍웨이가 사냥한 짐승 같았고 저녁 무렵엔 미르치아 엘리아데가 머물다가 간 궤도 같았고 밤이면 '구원의 문제를 제기하는 것만으로도 충분한 문제'에 가까웠고 달이 지나면 플로베르의 '무자비한 자기감금을 요구하는 문체'였고 어떤 날엔 집 안에 불이 났는데도 약을 잡수시고 침대에 누워 화상을 그대로 받은 잉에보르크 바하만의 진짜 사인(死因) 같았다. 나는 이불을 덥고 자기 전 매일 야광별에게 이렇게 속삭이곤 했다. 솟아라 구름아!

나는 점점 이 통신의 매혹에 빠져서 밤낮으로 밖에도 나가지 않고 야광별과 야광별의 '간격'에 좌충우돌 천체망원경을 돌리며 시간을 보내곤 했다. (야광)별과 (야광)별 사이의 공간에 떠올리고 싶지 않던 그날의 천체가 보이면 어리둥절한 상태로 고개를 흔들며 나는 그곳을 빠르게 렌즈로 지나갔다. 그것은 별과 야광별의 차이를 묻는 일의 어디쯤에서 우리들이 입을 벌리고 지나가 버린 구구단(口口段)이었다. (**별 곱하기 야광별은 별, 야광별 곱하기 야광별은 야광, 별 곱하기 별은 야광별, 곱하기는 늘 어둠.**)

어느 날 밤 꿈의 반은 진짜 별을 야광별로 데리고 갔고 나머지 꿈의 반은 야광별을 별로 데려왔다. 그들은 서로 귓구멍을 막고 이렇게 속삭였다.

"우리 사이에 굳이 통성명은 필요 없을 것 같은데……"**

시간이 지날수록 나의 천체는 목마름에 가깝다는 사실을
알아갔다. 내 눈이 점점 침침해진 탓이라고 생각했지만 천
체망원경 안에 모아두었다가 렌즈의 바깥으로 밀어내는 초
점이라는 것은 결국 ‘거리’를 이해해가는 사실이었다. 별은
나에게 존재하는 ‘각도’와 나에게서 멀리 있는 ‘거리’ 사이
에서 헤매는 이름 붙일 수 없는 익사들 같았다. ‘이대로 가
면 나는 천체망원경을 산소통으로 메고 물이 아니라 별에
빠져 죽을 것 같아요.’

침통한 표정으로 돼지저금통이 모기에 물린 뒷다리를 긁
으면서 말했다.

"별을 네가 두 눈으로 볼 수 있었던 건 세상에 어둠이 존
재하기 때문이 아니야. 별과 너 사이에 거리가 있기 때문에
별이 보인 거야. 네가 내 배를 도마 위에 올려놓고 갈랐 듯
이 천체망원경 배를 가르고 네 야광별을 가득 넣어준다고
해도 둘은 한 사람을 사랑하고 있는 쌍둥이에 불과해."

(가) "네 말이 맞아. 그 쌍둥이의 사랑이 슬픈 건 그들이
둘이라서가 아니라 그녀가 하나이기 때문이지."

네가 커팅, 네가 커팅, 해바라기가 정말 해를 삼킬 수 있

을 때까지 크게 자란다면 내 야광별들은 발신 번호 표시 제한. 내가 감당할 수 없는 고유한 전시 방식을 가지고 있을 것이라고 생각했다. 어느 날 내 눈이 불구의 형태로 하늘까지 기어 올라갔듯이 나는 오래된 미술관의 명화 속에서 흘러나오는 '이'처럼, 가벼웠고, 다행히 낯설었고, 거의 빛났다.

박제는 태생이 없다. 박제는 그 자체로 완전체지만 태생이 없으므로 그 자체로 불구다.

촘스키는 누가 무엇으로 세상을 지배하는가라는 질문으로 평생을 살았지만 내 야광별은 모두 아프리카의 아케이드를 가지고 있다.

비행기에서 내려다볼 때 삶은 선불인가 후불인가. 바람이 불면 나는 스카프를 목에 감고 야광별을 관측했다.

곱하기의 찰나보다 나누기의 망각

먼지가 끼는 것이 별인가 렌즈인가 묻지 마라. 자신의 별 속을 떠다니는 먼지가 보인다면 가장 허기질 때 핫도그 안 소시지가 내는 종소리를 들을 수 있다.

아바마마 어마마마 아바마마 어마마마 아바마마 어마마마

─이상한 악보

나는 악보를 읽지 못한다. 느낄 뿐이다.
악보를 펴두고 긁어본 적이 있는 손톱엔 구름이 생긴다.
손톱은 살아 있는 사람의 몸에 달려 있는 화석이라고 믿
는다.
이것은 나의 '일기'를 예측하는 기묘한 일기예보.

성냥불을 타고 지붕까지 날아가서 나는 먼지가 되어 날
아가는 야광, 별을 본다.
그것은 대체로 지구 멀미. 그리고

튜닝

튜닝

친구와 나는 함께 발레리나가 되고 싶었지만 생각보다
우린 발이 너무 크게 자랐다. 어느 날 학교 옥상 난간에 두
팔을 벌리고 서서 친구는 자기 삶이 훤히 비치는 의상을 입

고 무대를 모두 태워버리고 싶다고 했다. 그건 친구가 한 말 중 가장 빠르고 정확하게 구사한 구구단(口口段)이어서 나는 신뢰하지 못했다. 그래서 나는 땅을 내려다보며 내 구구단(句句單)을 노래하는 곤조(坤鳥)가 되었다. 누군가는 곤조를 땅속을 나는 새라고도 부르고 누군가는 신경질이 날 때 배 속에서 찾기도 하는 새이다. 곤조는 곤조다. **곤조가, 난다.** 친구여 거기가 인어가 살고 있는 아주 오래된 폐의 이야기라면 여기서 숨이 차는 인어의 멀미란 결국 '인어'와 '언어' 사이에 지느러미가 있다는 사실이 아니겠는가. 이것은 '박사가 사랑한 수식***'이 아니라 곤조가 사랑한 수식이다. 그렇게 믿어준다면 우리는 '친니친니****'가 될 수 있다.

어느 날 야광별이 더 이상 빛나지 않았다. 렌즈로 들여다본 별들은 조용하고 부드럽고 어두웠다. 방 안의 어둠 속에서 나는 손톱을 질근질근 씹으며 중얼거렸다. 나중엔 좌상을 입은 돼지저금통이 깎아놓은 발톱도 질근질근 씹었다. 나는 그동안 기록한 내 (야광)별의 위생 상태, 보일러 상태, 수도 상태 등을 꼼꼼하게 체크해보았지만 실수한 것은 없다고 여겨졌다. 나는 불을 켜고 급기야 아주 오래전 기억의 자물쇠를 천천히 다급한 마음으로 풀기 시작했다. 나는 야광, 별이 되어 동네의 유치원으로 갔다. 거기서 납치극을 벌이기 위해서였다. 아이들을 납치할 필요가 있었다. 나는 유치원의 서랍에 야광별이 아주 많다는 사실도 전부터 알고 있었다. 나는 아이들을 납치해서 그들에게 야광별을 단 소감을 들어야 했다. 나는 어린 시절 딱 일주일만 유치원을 다닌 기억이 있는데 가난 때문에 어머니는 맛만 보라고 하신 건지 무엇인가가 겨우 익숙해질 즈음이면 늘 그런 식이었다. 다음 날이 야광별을 유치원 천장에 다는 날이었는데 야광별을 달고 소감을 써내고 별에 대해 이야기하는 시간이었는데 나는 몰래 유치원 교정에서 아이들이 그 형형하고 요밀한 빛의 형태에 초대받고 있을 때 마당에서 돌멩이를 가지고 놀아야 했다. 물론 그때 '우주란 캄캄한 돌덩이들이 자기 천공을 흘러다니는 것'에 불과하다는 사실을 알았다면 나는 좀더 ,이 별, 의 돌을 주먹에 꽉 쥐고 있었을지도 모른다.

"야광별은 계속해서 빛을 받아야 빛나는 거예요. 시간이 지나면 야광별은 빛을 더 이상 뿜을 수 없게 돼요.
여러분 저기 보세요. (선생님은 손가락으로 창문을 가리킨다.) 오늘 밤에 보일 저기 있는 진짜 별들도 태양 빛을 받아 빛나는 거예요. 자 그럼 별은 무엇이 있어야 더 잘 보일까요?"

아이들 대답한다.

어둠이요! 캄캄함이요! 밤이요! 무서움이요!

귀는 자신이 닿은 적 없는 행성으로 들어오면 붉어진다. 나는 돌멩이를 꼭 쥐며 그 순간을 놓치지 않았다. 돌 속의 별들이 뜨거웠다. 나는 목 안에서 목젖을 밀어 올리며 선생님께 커튼 콜!을 외치고 싶었지만 그럴 순 없었다. 수위 아저씨가 또 한 번 나를 창문 곁에서 문밖으로 끌어냈기 때문이다. 나는 이번엔 수위 아저씨가 붙들고 있는 팔을 풀고 돌멩이를 집어 교실 창문에 던지고 달아났다. 야광별은 지금 방에서 빛이 다 휘발되어 더 이상 빛나지 않는다. 하지만 그 야광별 뒤의 작은 천장의 공간엔 내 별에서 구워낸 그릇들이 빛나고 있다는 사실로 나는 달아나지 않겠다. 나는 야광별들을 하나만 남겨두고 모두 떼어낸 후 잠시 가만히 빈 천장을 둘러보았다. 하나를 남겨둔 건 침이 묻은 내 손으론 잘 떨어지지 않기 때문이었다. 별이 박혔던 자리를 처음으로 올려다보았다. 무언가 뒤에서 벗겨진 흔적이, 그러나 잠시는 처량한 소멸로 누렇게 떠 있었다. 나는 천체망원경을 돼지저금통 배 속에 꾸역꾸역 넣어주었다. 사지를 떨고 소리를 지르며 돼지는 자신의 천체를 노래했다. 렌즈는 라이터로 그을려 태웠다. 유리를 태우는 일은 쓸쓸하다. 그건 입 안에 유리를 굴리며 연연했던 헐린 입천장의 일, 인간들은 환절기마다 그걸 내연으로 올라오는 그을음이라고 부른다. 친구의 어머니에게서 전화가 왔다. 친구가 병실 창밖으로 뛰어내렸다고 했다. 유서엔 이렇게 씌어 있었다고 했다. **'검토 후 나는 화상을 입었고 춥고 지루한 현미경을 들여다보며 나는 그곳에서 내 눈을 찾곤 했다.'**

나는 불을 끄고 아끼던 지구본에 망치를 이용해 머리통만 한 구멍을 뚫은 후 그 공간 안에 머리를 넣고 울었다.

'곤조가 나는군.'

어둡게 비어 있는 지구 속은 캄캄했다. 잠시 후 장롱에서 어깨의 먼지를 털면서 나온 은하철도 공무원 역장이 손목의 시계를 보면서 말했다.

"이보게. 이제 자네가 저 아이스크림처럼 녹아내리는 우체통으로 들어갈 시간이야. 자네 눈동자 속에 푸른 유골이 가득하군. 별이 만일 자네의 눈 속에 떠 있는 천체를 다 가지게 되면 그건 자네의 눈동자에 백야가 시작되는 거야. 잊지 말고 이 말을 횡경막에 감추어두게. 곧 별도 숨이 찰 거야."

나는 의자를 당겨 하나 남은 천장의 야광별로 올라갔다.
행성은 고요하고 캄캄했다. 발자국 하나도 보이지 않았다.
나는 이 시간의 별의 표면이라면 산책을 좀 하고 싶었지만
주머니에서 실을 꺼내 행성의 표면에 깊이 묻었다. 실은 별
속으로 깊이 흘러 내려갔다. 등 뒤로 아주 먼 곳에서 누군
가 유리로 빛을 내면서 내게 신호를 보내고 있는 것 같았
다. 나는 다시 바닥으로 돌아왔다. 장롱으로 들어가 나는
어둠 속에서 종이컵과 별로 연결된 실을 빳빳하게 당겨보
았다. 별 속에 살던 미생물들이 땅속을 이동하며 눈과 귀를
껌뻑거리는지 자잘한 맥박이 느껴졌다. 숨이 차다. 늘 어
둠 속에 순응하기 시작하면 난 지금 야광 중일까?가 궁금
했다. 이상한 나라에선 현미경으로 보는 별의 시대가 온다
고 한다. 천체망원경을 놓치고 어쩔 줄 몰라 하는 신의 어
깨에 앉아 손에 돌을 쥐어주는 사제들이 떠올랐다. '당신
의 별들은 손에 쥐어놓고 보면 이렇게 피가 도는 돌에 불과
하지요.' 지구를 촬영하던 천사들의 캠코더를 물리치고 아
마도 캄캄한 돌들을 손바닥에 올려놓고 그는 이렇게 중얼
거릴지도 모른다.

　'돌 속의 허공이 녹는다······
　우주가 너희를 유괴 중이구나! 너희는, 나를, 나는 너희
를 유괴 중이구나······ 아! 곤조가, 난다.'

나는 이번엔 종이컵에 대고 읊조리기 시작했다.

'여기는 곤조! 곤조!, 나와라 오우버.'

저쪽에서 별이 송신을 해왔다.

'나는 지금 창백한 먼지에 가깝다.
도취한다는 건 창백함으로 이 먼지 속을 떠가겠다는 것이
다. 먼지에 가까운 창백으로 이 벽 속을 벗어나보겠다는 것
이다.

곤조여, 너는 지금, 도취 중일까? 야광 중일까?'

나는 장롱 안에서 종이컵에 귀를 대고 아주 오래된 물고
기의 수염을 만지는 기분으로 평화로운 통신을 즐겼다 . 이
쪽과 저쪽의 밤하늘에 맘 놓고 수천 번 윙크를 하면서 윙크
맨이 되었다.

자막/

8mm film
연출 – 아마추어 무선종이컵 통신 편집장 김경주
주연/ 김경주, 원작/ 김경주, 각색/ 김경주, 사운드/ 김경주, 편집/
김경주, 네가 커팅/ 김경주, 특수효과/ 김경주
그 외 도움 주신 분들/ 베리, 리안, 침연, 스텔라, 묘양, 묘명, 티
양, 그리고 무대의 심해(深海), 박정석 연출가

도구/ 비키니 옷장, 장롱, 8mm 캠코더, 발톱, 손톱, 돼지저금통,
천체망원경, 현미경, 야광별, 발레슈즈, 종이컵, 쌍둥이

—이 작품은 공연이나 영상화하고자 할 때 반드시 사이언톨로지의
승인을 받으셔야 합니다.

  * 일레한드로 곤잘레스 이냐리투 감독의 영화 제목.
 ** 영화 「다찌마와 리」의 대사 중에서.
 *** 코이즈미 타카시 감독의 영화 제목.
**** 해중문 감독의 영화 제목.

가) '고골 픽쳐스'에서 시나리오 작업하다 만 시나리오 카피 중,
    아이가 유산될까 봐 유전자 복제 신청을 하게 된 부모. 아이는
    잘 나왔지만 부모는 복제 아이도 버릴 수가 없었다. 부모의 속
    임으로 둘은 쌍둥이로 착각하고 자란다. 그들은 자라서 한 여
    자를 동시에 사랑하게 된다는 내용. 작업 실패.

연출의 변

아프리카엔 무지개를 잡아오는 것으로 성인식을 치르는 부족이 있었다고 한다. 일생의 마지막이 다 되어서야 성인식을 치르는 그 부족은 자신의 차례가 오면 남몰래 길을 떠났다. 무지개를 찾는 손은 축축해져갔다. 허공은 매일 활시위로 붉어졌다. 화살은 날아가 박히지 않았다. 뼛속으로 흘러와 뼈끝까지 달려간 무지개에선 새벽닭이 우는 소리가 자주 들렸다. 무지개를 쫓아 돌아다니는 동안 그들은 자신들이 차츰 헛것을 쫓는 것이 아닌가 의심하기 시작했다. 그들은 자신들이 활을 다 사용하게 된다면 마지막 남은 화살은 서로의 눈알에 박아주자고 했다. 그렇게 하는 것이 서로의 눈을 의심하지 않고 가는 길이라고 생각했다. 무지개는 언어로 부르면 사라지고 무덤으로 부르면 차디찬 햇빛에 감겨 떠 있었다. 무지개를 발견할 때마다 그들은 늘 한쪽의 눈으론 서로의 눈에 활을 겨누고 있었고 다른 하나의 눈으론 피가 배지 않는 허공을 보고 있었다. 마지막 활시위가 손에서 떨어졌다. 그들은 받은 활 속으로 늪처럼 잠겨들었다. 헛것의 비극으로 죽어가는 것이 아니라 살아서 헛것인 지금, 무지개 속에 뼈를 남기는 편이 낫다고 믿었다. 피눈물 속에 뜨는 무지개는 살아서 멀었다. 성인이 존재하지 않는 그 부족은 멸종해갔다. 피에 젖은 무지개는 마을로 돌아오지 못했다. 기다리는 자들도 없었고 자신의 차례가 되면 활 통을 메고 길을 나섰다. 간혹, 무지개까지 풀쩍 뛰어올랐다가 웃음이 많아진 사자는 식물을 먹기 시작했다고 하는 소문을 듣기도 했다. 혹자는 여기까지를 무지개를 숭배한 어느 이교도의 성인식이라고 부른다. 나는 여기에 '날아가 행동 위를 부유했다'라고 써둔다. 거기에 새는 가늘고 기다란 손가락 뼈 하나를 구부려주었다. 무지개는 빛의 멀미들이라고 내 배우들을 홀리느라 스스로 배후가 되었다.

구운몽(口雲夢)

1

도공이 헛간에서 톡톡톡 돌을 깎는 소리 들려옵니다 정이 돌 속에서 하나의 눈을 파내다가 다른 하나의 눈으로 정을 옮깁니다 정이 돌 속에서 눈 하나를 꺼내는 소리 달까지 열렸습니다

2

사람이 돌에 누워 자다가, 저도 몰래 돌 위에 흘린 눈물이라고 부릅니다 꿈은 길에 누운 돌로, 길이 스미는 사이라고 부르기도 합니다

3

물속에 어두운 체온을 흩뿌려놓고 가는 둥근 고기들의 저녁입니다 도공이 돌을 깎아낼 때마다 돌에서 눈보라가 흘러나옵니다 도공이 만들다 만 그녀의 무릎으로 초가의 빗물이 떨어집니다 무릎은 둥글어서 오래 걸렸습니다

4

바람이 땅 밑에서 새소리보다 엷어지고 한기를 모
은 나무들이
가……아……아……같……이……이……
사……아……아……알……자……
정을 내려놓고 도공은 붉은 술을 끓이며 젖은 볏짚
에 숨긴 새들의 심장을 뜯어 먹습니다

5

밤비가 가장 늦게 사람의 눈을 만나면 그것은 가장
이른 눈〔雪〕이 됩니다

6

가장 늦게 공기로 돌아가시는 비가 가장 희미한 그
늘로 땅에 스밉니다
가장 낮은 산에서 가장 늦게 알을 낳는 새들은 입
안의 구름이 되었습니다

7

도공은 자신이 만든 무릎 위에 머리를 베고 잠이 듭니다 잠든 도공의 입 밖으로 돌가루가 조금씩 흘러 나옵니다

8

입속의 벌어진 이물(異物)들이 구름 속으로 천천히 오르고 있습니다

9

돌망치가 손에서 지금 툭, 떨어지는 것입니다

프랑켄슈타인-어(語)의 발생학

강 계 숙

epilogue

누군가 묻는다면, 이렇게 답할 것이다. "네, 이것은 언어가 아닙니다. 물론 통상적인 의미에서 그렇다는 겁니다." 혹시 또 묻는다면, 이렇게 답하리라. "아니요, 이것은 우리가 아는 어떤 언어에도 속하지 않습니다. 굳이 분류하려 한다면, 다른 어족(語族)이 필요합니다. 가령, 프랑켄슈타인-어(語)라고나 할까……" 필경, 이 대답에는 다음과 같은 질문이 잇따를 터이다. "그럼, 프랑켄슈타인이 하는 말이라는 겁니까?" 물음에 대한 답은, 아니, 반문은 이렇다. "당신은 '인간'입니까, '인간'이 아닙니까? 당신은 자신이 '인간'으로서, '인간'의 언어를 말한다고 확신할 수 있습니까? 분명한 것은 여기 기록된 프랑켄슈타인어는 애초부터 시라는 점입니다. 그것은 스스로 무대를 만들어 열연하는 주인공 protagonist이자 반동인물antagonist이며 분주한 연출가이자 고뇌하는 극작가입니다. 창조의 순간부터 하나이면서 전부인 페르소나, 존재 자체가 이미 페르소나이기에 발설되자마자 극(劇)의 몸을 갖는 말, 그리하여 궁극적으로 불가능한 시가 되려는 말, 그

러한 말의 꿈, 그것이 프랑켄슈타인어입니다. 당신은 그런 말을
할 수 있습니까? 프랑켄슈타인이 말한다는 이유로 이 신어(新語)
를 폄하하려 한다면, 입을 다무십시오. 그것이 오히려 당신을
'인간'답게 합니다."

　　외젠 이오네스코의 작품 「대머리 여가수」의 11장은 등
장인물들이 터무니없는 이야기를 자랑삼아 주고받다가 경
쟁하듯 자신의 말이 가장 '옳은' 말인 듯 번갈아 외치는 극
의 절정에 해당한다. 이오네스코는 "언어는 최대의 한계
까지 확장되어야 하고 스스로 폭발하거나 해체되어야 한
다. 왜냐하면 언어가 의미들을 더 이상 포착할 수 없기 때
문이다"라고 자신의 극을 변호하였다. 언어의 한계를 언
어에 되돌려주는 것에서부터 극예술의 새로운 갱신이 시
작된다고 보았기 때문이다. 이를 실천하듯, 「대머리 여가
수」는 문법적 규준을 준수하는 말들이 이어짐에도 불구하
고 정작 그것이 얼마나 우스꽝스런 난센스의 난장이 되는
가를 보여준다. 이러한 난장은 11장에 이르러 정점에 이
른다. 인물들은 신경질적으로 자신의 말을 상대방에게 잘
난 척 내뱉는다. 그런데 이 장의 대사를 인물명을 삭제하
고 읽으면 어디서 본 듯한 모양새가 된다.

　　오늘 황소를 팔면, 내일은 달걀 주인이 되죠./인생을 살
면서 창밖을 봐야 돼요./아무것도 없는 의자에도 앉을 수

있어요./늘 모든 경우를 생각해야죠./천장은 위에 있고, 마루는 밑에 있어요./제가 '네'하면, 그게 제 화법이에요./각자의 운명이 있듯이./〔……〕/빵은 막대기, 빵도 역시 막대기, 매일 동틀 무렵 떡갈나무에서 솟아나는 떡갈나무./우리 아저씬 시골에 사시지만, 산파하곤 상관이 없어요./종이는 글씨를 쓰려고, 고양이는 쥐를 없애려고, 치즈는 뜯어먹으려고 있는 거예요./차는 대단히 빠르죠. 하지만 식탁은 하녀가 더 잘 차려요./바보처럼 굴지 말고, 차라리 배반자하고 키스를 해요./사랑은 가정서 시작돼요./전 뭐든 제 식으로 해석할 거예요.　　　　　　—「대머리 여가수」 11장 부분

= 비는 현역이고 노랑은 비에 편입했다 = 아저씨 좀더 해주세요 = 뼈에 붙은 맛있는 불빛// = 이렇게 폐선 속에서 계속 보낼 것 같으면 = 물고기들이 확신할 수 있는 건 아가미 속의 유리들인지도 몰라// = 충고를 하나 하지 돌을 그만 내려놓고 돌의 연상을 만나라구 = 자네가 지적했듯이 우린 종종 우스꽝스러운 객관이야 그렇지만 모형 범선도 바다까지 떠내려갈 수는 있지// = 스티븐슨다임, 캔, 프랜치토스트, 테드 창// = 무섭습니다 이 완구에게도 체질이 있다구요 = 흥가는 매일 다른 눈으로 잠들어야 하는 자신의 안구(眼球)의 속에 존재합니다　　　　　—「이꼬르들의 천식」 부분

두 인용문의 공통점은 구문으로서의 문법적 형식을 갖

추고 있지만(A는 B이다, 혹은 A는 B를 ~ 한다) 각 문장이 하나로 연결되거나 병렬적으로 나열되면서 이해 불가한 비논리가 된다는 점이다. 이오네스코는 기존의 언어가 자부하는 논리적 자명성이 어떻게 그 근본에서부터 헛것 illusion인가를 입증하는 극 언어를 창출했고, 이를 바탕으로 논리의 추구가 비논리를 낳고 인간적인 것의 신봉이 비인간성의 전형이 되며 부단한 삶의 행보가 죽음 앞에서 무(無)로 전락하고 마는 현실을 세계의 참모습으로 체험케 하는 내적 형식을 만들었다. 그가 부조리극의 선구자로 꼽히는 첫번째 이유는 기존 언어의 의사소통적 기능을 부정한 뒤, 상투화된 체계로서의 언어가 왜곡된 무의미가 되어 전달해야 할 것을 전달하지 못하는 파편으로 전락한 과정을 적나라하게 무대화한 데서 찾을 수 있다.

프랑켄슈타인어는 계보학적으로 볼 때, 이러한 이오네스코의 '부조리 언어'를 모태로 한다. 구조적인 면에서 그것은 이오네스코식 부조리성이 더욱 극대화된 형국이다. 이오네스코의 언어는 결합 축에서의 혼선만을 시도할 뿐("차는 빠르지만 식탁은 하녀가 잘 차린다") 선택 축의 의미 전달은 지속되는 반면(빠른 것은 '차,' 하녀가 잘 차리는 것은 '식탁'), 프랑켄슈타인어는 기성의 문법 틀을 격자로 삼을 뿐 결합 축, 선택 축 모두 상식적인 논리가 무너진 형태를 띤다. 하나의 문장이 완성되는 순간 그것의 의미는 신기루처럼 불투명해지거나 사라져버리고, 익숙한 기호는 덧없는 외관을 뒤집어쓴 멍텅구리가 된다("비는 현역이다"와 "노랑은 비에 편입했다"는 아무 뜻도 없으며, 두 문장의 순접은 이러한 의미 없음을 강화한다). 게다가 '이꼴(=)' 표식에 의해 각 문장이 은유적으로 병렬·누적될수록 멍텅구리는 더욱더 멍청해진다. 기존 관념에서 볼 때, 이것은 분명 오류투성이의 잘못 쓴 언어다. 하지만 이오네스코가 충격적으로 증명했듯, 언어의 지시성과 그것의 실제 쓰임이 심각한 괴리를 낳고 지시한 바와 지시된 바가 동일하다는 믿음이 착각과 미망에 불과하다면, 프랑켄슈타인어는 그러한 괴리와 착각과 미망이 체현되고 집적된, 진실과는 동떨어진 단편이 돼버린 언어의 현주소를 극단적 역상(逆像)으로서 되비춘다.

그렇다면, 어떻게 이렇게 '말이 안 되는' 언어가 발생 순간부터 시가 될 수 있단 말인가? 비밀은 무한 증식하는 '이꼴(=)'에 있다. 프랑켄슈타인어는 태생적으로 '이꼴(=)'을 내장한 언어이다. '이꼴(=)'은 그것을 무소불위의 힘을 내재한 수사학적 원리로 만든다. 다시 말해, 기존 결합 축과 선택 축의 논리성으로부터 벗어난 단어들이 임의로 통합되는 가운데 모든 (불)가능한 말이 등가적으로 교환되는 수사학이 곧 프랑켄슈타인어이다. 이는 모든 (불)가능한 언어를 꿈꾸게 하고 실험케 하는 원리가 된다. 예컨대, "뼈에 붙은 맛있는 불빛"은 "아저씨 좀더 해주세요"가 되었다가, "스티븐슨다임, 캔, 프랜치토스트, 테드 창"

이 될 수도 있다. 혹은 "무섭습니다"는 "자네가 지적했듯이 우린 종종 우스꽝스러운 객관이야"를 뜻했다가 "아저씨 좀더 해주세요"를 가리키기도 한다.

이러한 등가적 전위(轉位)는 기의의 명징한 확정이란 불가능한 것임을 의도적으로 노출한다. "뼈에 붙은 맛있는 불빛"이 "아저씨 좀더 해주세요"와 같은 뜻이라면, 둘은 어느 쪽도 자기가 지시하는 바의 정확한 뜻을 명기할 수 없다. 이것은 답이 없는 수수께끼와 같다. 수수께끼의 재미가 의외의 답에 있다면, 답 없는 수수께끼는 규칙 없는 게임처럼 지루하고 무용하다. 하지만 프랑켄슈타인어의 '이꼴(=)'은 의미 확정의 불가능성이라는 언어의 한계를 문제시하지 않고 역으로 그러한 한계의 폭을 넓힘으로써 그것을 뛰어넘는다. 이 수사학의 매력은 바로 여기에 있다. 기표와 기의 간의 불일치가 낳는 비의미성을 자유롭게 적시(摘示)함으로써 그 둘은 무한대로 대응된다. 발화 순간 모든 말이 다른 말의 은유적 대체가 되는 이러한 함수성은 언어의 사용을 제한 없는 놀이로 이끈다. 그것은 매 순간 새로운 규칙을 낳고 그 규칙을 스스로 지우는 과정을 밟는다.

하지만 「이꼬르들의 천식」을 이러한 수사학적 작동 방식이 뚜렷한 효과를 낳은 예로 꼽을 수는 없다. 이 시는 프랑켄슈타인어가 어떠한 원리에 따라 운위되는가를 간명하게 등식화한 예에 불과하기 때문이다. 자기 한계를 발

가벗김으로써 그러한 한계를 뛰어넘으려는 이 신어의 놀
라운 수일(秀逸)함은 가령,

　　멀리서 바라보면 기다리는 자들의 눈동자로 어두운 골목
　　의 환충이 환하게 울렁이던 밤, 우리는 촛농을 향해 소리 질
　　렀고 매일 밤 아무도 살지 않는 종 속으로 들어가 흔들린다
　　　　　　　　　　　　──「쇄골이 닮은 가계(家系)」 부분

　　겨울에 한 줄로 내려온 거미의 그림자를 밟아본 적이 없다
　　그것은 내가 아는 가장 고독한 문, 희귀하지만 색이 선명한
　　거미일수록 허기가 길다 〔……〕 깃털을 달고 있는 산딸기
　　처럼 그대는 결국 한밤중에 발견한 내 눈동자 안에서 사멸
　　할 정적, 그대가 그 기타로 심해어처럼 인간을 뒤척이며 서
　　러운 목구멍을 빚어갈 때 나는 아무도 모르는 목젖을 가졌
　　다 내가 지나간 적이 있는 목젖으로 그대는 노래를 부른다
　　　　　　　──「죽은 나무의 구멍 속에도 저녁은 찾아온다」 부분

　　새들아 나의 해발에 와서 놀다 가거라 늑골 속에 머무는
　　해발에 목마른 나의 불들이 누워 잔다 성에들이 망령의 한
　　행을 내려온다 나의 늑골 속 해발에 머물고 있는 망령에 추
　　위가 내려온다 새들아 내 망령에 너의 해발을 데려와다오
　　미친 새들의 눈에 머무는 중천에 머리털 달린 내 해를 띄워
　　다오 나의 해발에 새들이 놀러 오면 나는 이 길고 검은 하수

관을 들고 대도시를 달리겠다
—「꾸꾸루꾸 꾸꾸꾸 꾸꾸루꾸 꾸꾸꾸」 부분

"당신의 무릎으로 내려오던 그 저녁들은 당신이 무릎 속
에 숨긴 마을이라는 것을 압니다 혼자 앉아 모과를 주무르
듯 그 마을을 주물러주는 동안 새들은 제 눈을 찌르고 당신
의 몸속 무수한 적도(赤道)들을 날아다닙니다 당신의 무릎
에 물이 차오르는 동안만 들려옵니다 당신의 무릎을 베고
누운 바람의 귀가 물을 흘리고 있는 소리가"
—「무릎의 문양」 부분

과 같이 논리적 해명과 무관하게 오직 언어의 낯선 충돌과
조합 내에서만 생성되는 역동적 이미지를 발산할 때 빛을
발한다. 이러한 이미지의 현시 속에서 프랑켄슈타인어는
수단이나 기교가 아닌 살아 있는 사물로서 존재한다.

이오네스코의 '부조리 언어'가 언어를 평가절하하고 비
언어적 요소를 리얼리티를 드러내는 유효한 방법으로 부
각시킴으로써 언어 '밖'에서 진실을 찾으려는 목적하에 탄
생하였다면, 프랑켄슈타인어는 그러한 '부조리 언어'의 문
제의식을 자기 태생의 근거로 삼으면서도 언어의 부조리
성을 역으로 극대화시킴으로써 언어 스스로가 완전한 자
율체로 거듭나는 지점을 찾으려는 시적 꿈의 소산이다. 그
것은 꿈의 언어이며, 언어의 꿈이다. 그리고 지금까지 없

었지만 앞으로 있을 시, 이 세상에 없었으나 이제 곧 생겨날 시의 미래태(態)이기도 하다. 프랑켄슈타인어는 미래의 시를 지칭하는 다른 표현이다.

그런데 왜 '프랑켄슈타인'-어(語)인가? 이유는 이 언어의 사용 주체가 자신을 "프랑켄슈타인"(「프리지어를 안고 있는 프랑켄슈타인」)으로 명명한 데서 비롯한다. 물론 이때의 "프랑켄슈타인"은 메리 셸리가 만들어낸 가상의 인공적 괴물과는 다르다. 하지만 고딕 소설의 주인공인 프랑켄슈타인이 인조 인간을 만들어낸 박사의 이름이자 동시에 그가 만들어낸 기괴한 괴물의 이름이기도 하다는 점은 이 단어가 애당초 복수(複數)적인 것임을 알려준다. 다시 말해, 프랑켄슈타인은 인간을 닮은 모사품이자 그렇게 모사품을 만드는 인간을 한꺼번에 지칭한다. 여기에는 중요한 의미가 함축되어 있다. 인간이 제 손으로 인간을 창조하려는 순간 인간은 '인간이 아닌 존재'가 되며, 그렇게 비(非)-인간으로 형질 전환되는 찰나 신의 자리를 점하려던 은밀한 욕망은 인간을 괴물로 만들고 만다. 따라서 프랑켄슈타인은 자신의 살아 있는 모형—로봇, 사이보그, 안드로이드 등—을 제작하려는 모든 현대적 인간의 다른 이름이며, 창조주의 자리를 넘보는 그 같은 욕망의 존재란 결국 괴물이 아닌가를 묻는 심각한 질문이라 할 수 있다. 그렇다면 굳이 이러한 의미의 흔적을 내포한 이름을 빌린 까닭은 무엇일까?

두 가지 층위로 생각해볼 수 있다. 첫째, '말하는 존재 homo loquence'로서의 인간의 정체성이 언어의 해체와 더불어 흔들리고 있다면, 비록 인간의 말을 차용하였다 해도 그것을 부정의 계기로 삼아 '새로운 말'을 창안하려는 자는 긍정적이든 부정적이든 인간과는 '다른 존재'임을 뜻하게 된다. 그런 점에서 "프랑켄슈타인"은 인간의 언어를 가면으로 쓴 비(非)-인간을 지칭한다(비(非)-인간이기에 메리 셸리의 주인공과 "프랑켄슈타인"은 계열적 관계에 놓이며, 이름의 은유적 대용은 논리적 설득력을 얻는다). 둘째, 이렇게 스스로를 '다른 존재'로 자임하는 것은 결과적으로 헛것illusion으로서의 언어를 태초의 로고스logos와 잇닿은 발명품으로 착각한 때부터 인간은 이미 '인간'— 신이 자신의 형상대로 빚은 존재—이 아니었을 뿐더러 그러한 사실을 '말하는 존재homo loquence'라는 개념에 의지함으로써 감춰온 것과 다를 바 없음을 밝히는 일이 된다. 다시 말해 "프랑켄슈타인"은 '말하는 인형'이 인간의 본색임을 폭로하는 음울한 묵시인 것이다.

그런데 이러한 각각의 의미 층위는 별개로 나뉘지 않는다. 좋든 싫든 인간의 언어를 빌린 한 "프랑켄슈타인"은 인간의 형상을 띤 "인형"(「기담」)이다. 다만 그/것은 그러한 "인형"으로서의 정체를 자유롭게 누리려 하며 언어와 언어 사용자가 분리되지 않은 상태, 즉 지금껏 존재하지 않았던 언어 너머의 언어로 존재하려 한다는 점에서 아직 없었던 미지의 시를 계시한다. 그것은 일종의 초(超)-언어이며, 언어가 자의식적 존재로 화(化)하는 것에 가깝다. 그러므로 "프랑켄슈타인"은 새로운 언어이자 그 언어의 주체이기도 하다. "프랑켄슈타인"은 프랑켄슈타인어인 것이다(이를 가리키는 다른 표현이 "인어"다. "인어"는 "인어(人語)와 언어(言漁)"의 합성이지만 언어가 인간처럼 살아 움직이는 자의식을 갖게 됨을 의미한다는 점에서 그것은 '인형-말'을 뜻하기도 한다). 이렇게 본다면 다음과 같은 장면이 이해되지 못할 것도 없다.

지면 속에서 빠져나오는 언어
천천히 지면을 걸어 다닌다.
언어가 허공에 입을 천천히 벌리며

'나는 내 세계의 바깥에 너희들이 있다고 생각하지 않아 너희들은 나를 가지고 춤을 추고 세계를 이야기하지만 너희들의 세계는 내가 보는 너희들의 세계와 다르지 않아 우리는 모두 인형들이고 너희들이 들고 있는 인형 역시 나일 것이지만 너희들이라는 인형을 들고 있는 유령 역시 바로 나이지 너희들이 나를 들고 있을 때 나는 너희가 유령처럼 느껴지고 너희가 나를 유령이라 발음할 때 너희는 나라는 유령이 들고 있는 인형일 테니까 나는 지금 우리가 머무는 세

계의 유령을 들고 있는 인형의 웃음이지'

반대편에서 허공들 하나씩 등장한다.
언어 속으로 하나씩 천천히 스미기 시작한다.

위 인용문은 언어가 주인공이 되어 대사를 읊는 장면이
다. 이것은 물론 현실화될 수 없는 무대다. 그러나 "프랑
켄슈타인(/어)"이 언어 내적으로 존재 가능하다면, 이러
한 언어가 주인공으로 분하는 언어-극(劇)은 충분히 상
상해볼 수 있다. 어쩌면 언어의 이러한 극적 상태에 대한
상상이 "프랑켄슈타인(/어)"를 만든 것인지 모른다. 실제
로 이 장면에 연이어 '다른 언어'가 등장하고, 언어들은
춤을 추기 시작한다.

반대편에서 다른 언어 등장한다.

여긴 어디지?
언어의 속인 것 같아.
어떤 곳이지?
그렇지 우리가 연연하는 곳일세.

춤추는 언어들
아련하고 요밀한

긴 사이

우리가 모르는 수면으로부터 들려오는 시

"다른 언어"들의 춤 사이로 "우리가 모르는" 시가 들려
온다는 무대 지시문은 『기담』에 실린 모든 형태의 언어 실
험을 시의 춤으로 지정한다. 이 지시에 맞추어 '시'들은
한편의 언어-극을 완성하기 위해 각자의 역할을 수행한
다. 이로 인해 시적 화자의 언술은 생물학적 인간 종(種)
의 목소리가 아니라 시의 음성으로, 그 음성의 극화(劇
化)로 들린다. 시적 화자가 곧 시의 음성인 이러한 풍경
은 "프랑켄슈타인(어)"이 직접 나타나 독백을 읊조리는
장면에서 한층 선명해진다.

J, 밤이면 내가 쓰는 언어는 짐승의 빛깔이고 새벽이면
내 언어는 식물의 빛깔이 됩니다. 인간의 돌멩이를 피해 달
아나 꽃을 안고 당신에게 달려가다가 나는 풀숲에 엎드려
있습니다. 내가 당신을 사랑하기 위해서 치러야 할 목젖의
일이 입을 벌리고 내 미라를 꺼내주는 것이라는 것을 알기
때문입니다. 오늘은 꽃들의 붉은 똥을 마시고 뼈에 연보라
색 불이 들어오도록 음악을 종일 들었습니다. J, 인간의 곁
으로 가기 위해 나는 경(經)을 버렸습니다. 사물로부터 불

어오는 만물의 경계를 오래 바라보며 사물과 맹목을 지나
나는 내 눈의 수액이 구름 속으로 스미는 것을 보고 있습니
다. 〔……〕 J, 제물은 언제나 같은 이유로 제단에 바쳐지곤
했습니다. 제물은 언제나 우울이 아닌 공포로 세계를 견디
고 있어야 했습니다. 수많은 척후병의 도움을 받아 그 공포
는 더욱 단단해지고 모든 운동은 음표를 잃어가고 참혹해지
고 있습니다. 거기서 우리의 은유는 얼마나 적대적인 것이
되어버렸습니까? 제물은 헛소리를 할 수 있는 존재입니다.
미혹에 붙들려 제물은 자신의 형신(形神)이 어디로 바쳐지
는지 모를 때 가장 연연한 춤을 춥니다. 혼효한 나의 필체
는 공포의 대상 앞에서 더욱 활기를 가졌습니다.
　　　　　──「프리지어를 안고 있는 프랑켄슈타인」 부분

　인간의 곁으로 가기 위해 '경(經)'을 버린다는 역설은
그/것의 고백처럼 "짐승의 빛깔"과 "식물의 빛깔"을 동시
에 띠기 위해 택할 수밖에 없었던 길이다. 그것이 "제물의
헛소리"가 되고 적대적인 은유가 된다 해도 "사물로부터
불어오는 만물의 경계를 오래 바라보며 사물과 맹목을"
지날 수 있고, 그리하여 "가장 연연한" 언어의 춤을 출 수
있는 비책(秘策)이라면 말이다. 그렇기에 "프랑켄슈타인
(어)"는 여전히 공포를 야기한다. '다른 존재'라는 자각이
공포를 낳고, 그러한 공포를 스스로 견디는 공포의 형상
은 "프랑켄슈타인(어)"의 필연적인 고유성이다. 『기담』은

162

그러한 고유성을 시집 전체에서 펼쳐 보이고 있다.

　이제 비로소 우리는 『기담』이 왜 이렇게 이질적 모양새를 하고 있는지 이해할 수 있다. 시이면서 시가 아니고 극이면서 극이 아닌 것, 범박하게 표식하자면 '시＋극(희곡)'의 이 낯선 형태는 "프랑켄슈타인"이 태생적으로 혼종적 존재라는 데서 기인한다. 그/것은 인간이면서 비(非)-인간이고, 부재("유령")이면서 현존이며, 신어(新語) 그 자체이자 그 말의 사용자라는 점에서 상상 가능한 언어적 혼종성의 다른 이름이다. 이러한 선천적 혼종성이야말로 장르적 혼합을 유발하는 원천이다. 물론 시와 극이 결합된 형식은 이전에도 실험된 바 있다. 황지우의 「석고 두개골」이나 장정일의 「잔혹한 실내극」 「즐거운 실내극」 등이 그 예이다. 하지만 이들 시편과 『기담』의 차이점은 전자가 무대 지시문이 명기된 극의 형태를 띠고 있긴 해도 1인칭 화자의 독백이 이미 시와 동일하다거나, 대사를 주고받는 인물이 등장하는 까닭에 실제 무대화가 가능한 소극(小劇)으로 분류될 수 있는 데 반해, 후자는 관념의 영역 내에서만 무대화되는 불가능한 극으로서 언어 그 자체를 주인공으로 표상하고 있으며, 인간의 목소리를 빌린 경우(「다섯 개의 물체주머니를 사용하는 자연 시간」 「곤조 GONJO」)라 해도 궁극적으로는 논리적 체계를 이탈한 자율적 언어의 형상을 구현하려 한다는 점에서 시나 극 중

어느 하나의 장르로 구분될 수 없다는 점이다.

장르적 경계가 불분명한 이러한 시도에 굳이 이름을 붙인다면 언어-극(劇)이라는 명칭이 가장 적당할 것이다. 극의 말미에 붙은 「연출의 변」이 이를 시사하고 있다. 그리고 이것이 얼마나 규정 불가능한 실험인가에 대한 자의식은 2막이 "언어의 멀미"라고 명명된 데서도 드러난다. 시도 극도 아닌, 하지만 시도 극도 아직 실현해보지 못한 장르 미상의 어떤 새로운 예술적 경지—'구멍' '사이' '허공'이라는 단어가 반복적으로 나타나는 것도 이와 무관하지 않다. 이것들은 모두 미정(未定)의 공간적 표상으로서 기존의 언어로 형용될 수 없는 미적 상태를 환기한다—를 『기담』은 욕망한다. 그리고 자신이 욕망하는 '그곳'을 향해 온몸으로 나아간다. 어지러이 혼재된 각기 다른 스타일의 갑작스런 돌출만큼 이를 잘 보여주는 예도 없다. 『기담』은 방향은 모르지만 타고난 직관으로 자기 앞에 놓인 새로움이 미지의 것이며, 자신이 온몸으로 그것을 향해 나아갈 때 그 정체가 비로소 눈앞에 펼쳐질 것임을 본능적으로 간파하며 움직이는 모험가와 같다. 실패가 예정되어 있고 비난이 쏟아진다 해도 이 심미적 모험가는 자신의 길을 포기하지 않을 것이다. "헛것의 비극으로 죽어가는 것이 아니라 살아서 헛것인 지금, 무지개 속에 뼈를 남기는 편이 낫다고 믿"(「연출의 변」)는 아프리카의 어느 부족처럼 "내내 이 착오를 완성하고 그 미개로 죽겠"(「프

리지어를 안고 있는 프랑켄슈타인」)다는 자기 다짐을 하면
서 말이다.

　그런데 이쯤에서 한 가지 짚고 넘어갈 것이 있다. 이러
한 장르적 혼종성이 생에 대한 일관된 인식에 의해 지지되
고 있다는 점이다.

　　그래, 누구나 자신과 가장 가까운 짐승 한 마리
　　앓다 가는 거지

　　식물은 자기 안의 짐승을 토하다 가는 거고
　　인간은 피를 토하고 죽는 것이 아니야
　　자기 안의 식물을 모두 토하고
　　가는 거지
　　〔……〕

　　그래, 바깥에 무슨 일이 있어도 멈추지 말아야 할
　　참혹 같은 거

　　부정의 힘으로 식물은 짐승을 앓고 있고
　　짐승은 식물의 소리로 울고 있지
　　　　—「짐승을 토하고 죽는 식물이거나 식물을 토하고
　　　　　　　　　　　　죽는 짐승이거나」 부분

이 독백의 주인공은 언어일까, 인간일까, 프랑켄슈타인일까? 중요한 것은 언어든, 인간이든, 프랑켄슈타인이든 이 세계에서의 현존[生]은, 비유컨대, 짐승을 품은 식물처럼 혹은 식물을 품은 동물처럼 잡종적 양태를 띤다는 사실이다. 식물은 "자기 안의 짐승을 토하"는 것이며, 동물은 "식물의 소리로 울고 있"는 것이다. 어떤 것도 온전히 식물로서, 또는 동물로서 존재하지 않는다. 모든 것은 식물이면서 동물인 혼성적 존재이다. 이것이야말로 현존하는 것들의 유일한 본질이라 할 수 있다. 그러나 이 같은 진실은 죽음에 직면하거나 죽음과도 같은 울음을 토할 때에만 인식된다. 생이 돌이킬 수 없이 되어버렸을 때, 자기의 실태가 본모습을 드러내는 것이다. 그러나 무지는 결국 악이다. "'사실'이란 늘 이상과 이하 사이에 놓인 기포에 불과하다"(「다섯 개의 물체주머니를 사용하는 자연 시간」)는 것을 깨닫지 않는다면, 다시 말해 '사실'이란 의미론적으로 불명확한 가설이고 가정임을 인식하지 못한다면 식물 안에 동물이 있고 동물 내부에 식물이 산다는 진실은 미명(未明)의 어둠에 내내 갇혀 있을 수밖에 없다. 그리고 그러한 진실을 알지 못하는 한 "바깥에 무슨 일이 있어도 멈추지 말아야 할/참혹"은 영원히, 끝내, 멈추려 해도 멈추지 않을 것이다.

현존의 형태가 이미 혼종적이라는 이러한 인식은 『기담』의 장르적 혼성이 어떤 주제 의식하에 구성된 것인가를 보여준다. '시+극(희곡)'은 이 세계에서의 실존의 양태가 인식된 바대로 자기 반영된 미적 형식이자, "누구나 자신과 가장 가까운 짐승 한 마리/앓다 가는" 참혹을 견디려는 의지가 스타일의 창출이라는 방식으로 승화된 한 사례라 할 수 있다. 아마도 이것이 『기담』을 구상하고 기획하고 연출한 시인 김경주의 궁극적 지향이자 최종의 상(像)일 것이다.

그러나 그는 이 모든 신어(新語)의 난무를 한바탕 꿈으로 감싸고 있다. "자신이 만든 무릎 위에 머리를 베고 잠이" 든 도공과 그의 영혼이 "구름 속으로 천천히 오르"는 순간 무릎에서 떨어지는 돌망치의 모습은 '기담'의 세계를 완성하고 연필을 놓은 김경주 자신의 모습을 상징한다. 그렇다면 이것은 그가 『기담』 전체를 덧없는 일장춘몽으로 여기고 있다는 뜻일까? 짐작컨대, 그것은 분명 아닐 것이다. 오히려 그는 "돌을 깎아낼 때마다 돌에서 눈보라가 흘러나"오고 "만들다 만 그녀의 무릎으로 초가의 빗물이 떨어"져 그녀가 막 일어설 것만 같은 그러한 돌, 즉 자기의 창조물이 인위적 가상이 아닌 생생히 살아 있는 실재가 되는 기적을 완성한 뒤 "자신이 만든 무릎"에 기대어 꿈을 꾸듯 죽음을 맞이한 도공의 마지막을 자신의 결말로 삼았다고 보아야 할 터이다. 그런 점에서 시인 김경주의 '구운몽'은 결코 비극이 아니다. "돌망치가 손에서 지금 툭, 떨어"졌지만 도공-시인-김경주의 꿈은 이제부터 시작이다. 그가 할 일은 자신이 만든 "무릎"(「구운몽(口雲夢)」)인 『기담』을 베고 편안히 잠이 드는 것이다. 천천히……천…천…히…… 그리고……,

'연필이 손에서 지금, 툭 떨어지는 것입니다.'